LA SALITA

di

Giordano Vezzani

ISBN 978-88-96797-72-3
Finito di stampare nell'Aprile 2023 da:
Geca Industrie Grafiche
Via Monferrato 54,
20098 S. Giuliano Milanese MI

God turned out to be a bunch of bad little kids
playing interstellar Xbox. Isn't that funny?

Stephen King - "Under the Dome"

Prologo

In un'area il cui raggio andava all'incirca dalla cima del Cervino a quella del Monte Rosa, ormai tutti avevano compreso che intorno a loro si verificavano strani fenomeni magnetici. Gli effetti si sentivano persino a Les Haudères.

A Zermatt, Frau Karola era rimasta senza parole nel vedere le posate sparse sul soffitto della cucina e aveva lanciato un grido poderoso quando erano cadute giù di botto con un clangore fulmineo. Un po' dovunque gli oggetti di metallo avevano preso l'abitudine di levitare e vincere la legge di gravità per alcuni secondi. Persino oggetti voluminosi come gli elettrodomestici avevano tremato sul pavimento, presi dal desiderio di liberarsi da catene invisibili. A Breuil-Cervinia un autista di linea aveva sentito la sua corriera accelerare all'improvviso, come se avesse ricevuto una spinta, e solo la sua prontezza di riflessi gli aveva permesso di non uscire da una curva. Le lancette degli orologi avevano cominciato a girare come banderuole e le campane delle chiese si erano messe a suonare in modo disarmonico. Le autoambulanze dell'area colpita dal fenomeno avevano dovuto fare parecchi viaggi per portare negli ospedali più vicini coloro che si erano infortunati. C'erano stati alcuni feriti in prognosi riservata, ma per fortuna nessun decesso.

Anche nelle alte sfere si dovevano essere accorti di quelle anomalie, perché dopo alcune ore, preceduti solo dai van delle troupe televisive, si presentarono sul posto i mezzi militari.

Le prime dirette trasmisero servizi divertenti, pieni di facezie che incolpavano non meglio precisati esperimenti militari, ma nessuna illazione andava oltre una giocosa incredulità. Di certo gli intervistati, in special modo le autorità, minimizzarono la cosa come un bizzarro e in apparenza incomprensibile scherzo della natura del quale gli studiosi avrebbero presto fornito una interpretazione razionale. La stagione turistica estiva era in pieno svolgimento. Un po' di clamore mediatico sui principali telegiornali avrebbe solo fatto aumentare le prenotazioni. Finalmente queste valli avevano il loro mostro di Lockness, i loro cerchi nel grano e tutte quelle sciocchezze che attirano i turisti come falene intorno ai lampioni, fintanto che non diventano preda dei gechi lì nascosti.

Passate le ventiquattro ore, comunque, il fenomeno perse di interesse rispetto alle incombenze quotidiane, e se ne parlò sempre di più col sorriso sulle labbra.

1.

Gli ultimi a prendere al volo la funivia furono i due coreani.

Dario venne fermato dall'operatore mentre la cabina aveva già iniziato a muoversi. In mano aveva una bibita con la cannuccia per Arlette. Con il braccio libero fece segno che avrebbe preso la corsa successiva. Un'ora dopo. Era scocciato e forse deluso per l'insuccesso. Adesso ci sarebbe stato un altro tassello da aggiungere al suo curriculum di marito e padre fallito. Come uno scemo aveva servito su un piatto d'argento un altro pretesto a Carol, che se ne sarebbe giovata per le sue recriminazioni. Lei si limitava a guardarlo inespressiva dal vetro, mentre la cabina si staccava dalla stazione. Doveva solo sperare che Arlette non si accorgesse subito dell'assenza del padre. Avrebbe potuto dare spettacolo e non sarebbe stata la prima volta. Guai se le cose non filavano lisce come quella testolina le aveva programmate. Il viaggio durava solo nove minuti da Trockener Steg al Matterhorn Glacier Paradise, ma aspettare che Dario le raggiungesse su qualche terrazza sarebbe stato noioso, nonostante la giornata stupenda, ottima per godersi l'aria fresca al sole. Avrebbero anche fatto in tempo a pranzare al ristorante prima che chiudesse per la pausa pomeridiana. A Carol dei quattordici ghiacciai e delle trentotto vette, che avrebbero ammirato da un'altezza di 3.883 metri sul livello del mare, non fregava proprio nulla, neppure del Piccolo Cervino. Dario aveva tanto insistito. Fallo per la bimba. I soliti ricatti. Ma la loro figlia era autistica e non era sicura che avesse delle preferenze. Stare col padre era la sua priorità. Lui la rasserenava. Sempre. C'era intesa tra loro, inutile negarlo, molto di più che tra Arlette e lei. Forse il peso della responsabilità l'aveva resa più esigente. La separazione da Dario non aveva certo aiutato, e forse Arlette la accusava del distacco, anche se non glielo comunicava a parole.

Da quell'altezza si percepiva la vastità delle montagne. Il cielo era libero da nubi, a parte uno stratocumulo che sostava sulle loro teste, minacciando tutta la solarità del paesaggio. Dopo tre minuti, superato da poco il primo pilone, come promesso dalle pubblicità, il fondo di vetro si schiarì così che i turisti potessero ammirare il ghiacciaio. La cabina esplose di esclamazioni tra la sorpresa e la paura. Solo l'ombra della nuvola stava appiattendo la visione in un indistinto grigiore.

Carol strinse a sé Arlette che si era scossa dal suo torpore a causa delle grida. «It's all okay, Ducky. Don't worry!» Solo lei la chiamava con questo nickname. Era un ponte tra loro. Lo stesso che Carol gettava tra sé e il ricordo della nonna. Anche lei la chiamava così da piccola. Inutile spiegarle perché gli altri occupanti si comportassero a quel modo, e lei si sentiva colpevole quando provava emozioni per qualcosa che sua figlia mai avrebbe potuto. Inquietudine, ecco la parola giusta per la circostanza. Anche l'obiettivo della Nikon dei coreani che vorticava a pochi centimetri da lei accresceva il turbamento, al pari degli altri compagni di viaggio, dei quali si stava accorgendo solo adesso. La luce artificiale si sostituiva alla penuria di luce esterna, facendo sfavillare i cristalli Swarovski voluti da Pininfarina per impreziosire le cabine.

Dario per sbollire il disappunto non trovò di meglio da fare che mettere la cannuccia in bocca e succhiare quel concentrato di zucchero. Al di là della vetrata il Cervino offriva uno spettacolo insolito: un cappello da sombrero di nuvole, come se il monte avesse trattenuto l'ultima della fila di un corteo, infilzandola con la cima. Quando si decise a fare qualche foto si accorse dell'impossibilità di fissare quell'immagine a causa della rapidità con cui quella nuvola si staccava dall'ancoraggio e si abbassava verso il Matterhorn Glacier Paradise. Scattò diverse foto e inviò l'ultima a Carol: «Sembra che una perturbazione voglia rovinarvi il panorama. È sopra di voi. State per entrarci dentro.»

"Tanto a Carol non gliene frega niente del paesaggio, del ghiacciaio e delle Alpi", pensò, contrastando così l'oscuro piacere dell'altro pensiero: così impari! Fu l'ultimo messaggio tra loro.

Le voci concitate sulla terrazza della stazione lo attirarono fuori quando un'eclissi sembrò offuscare l'aria e anche lui unì le sue esclamazioni a quelle degli altri. La nuvola, globosa e lattiginosa, sparava dei raggi di sole sulla sommità, mentre al di sotto degradava dal plumbeo al nero antracite. I tre fili della funivia sembravano averla agganciata come prima aveva fatto la punta del Cervino. L'impianto si era fermato perdendo energia. La cabina era a poco più di metà del suo percorso, immobile appena un attimo prima di entrare nella densità opaca della nuvola. Dario notò che, dopo qualche istante, le luci della cabina si erano accese: il sistema di emergenza si era attivato. Il cellulare però non prendeva. Tra i presenti l'inquietudine stava montando verso il caos. Tutti si stavano scambiando le stesse domande che non potevano avere risposta. Da quel momento a Dario venne in mente solo un nome: Arlette.

L'arresto della cabina, seguito alla penombra improvvisa, non allarmò subito i passeggeri. Era più un senso di delusione e non il timore che qualcosa di brutto sarebbe potuto accadere. La luce tornò quasi subito e fu rassicurante. Almeno sin quando tutti non compresero di essere rimasti tagliati fuori da ogni possibile comunicazione esterna, isolati ad alta quota.

Il senso di stabilità, che si prova su mezzi così grandi quando sono in movimento, aveva lasciato il posto alla sensazione precisa di essere sospesi in aria dentro un abitacolo che si muoveva alle raffiche di vento con oscillazioni appena percepibili, sufficiente però a far sentire la precarietà della situazione. Era una fortuna che l'atmosfera crepuscolare riducesse l'effetto della trasparenza del fondo sull'abisso. Carol sapeva essere una buona madre in queste circostanze. Cominciò a raccontare delle cose ad Arlette. Cose senza molto filo logico, quello che avrebbero fatto una volta arrivate lassù. Avrebbero giocato con la neve e magari affittato uno slittino. In seguito il suo Dad l'avrebbe scarrozzata avanti e indietro, oppure sarebbe salito con lei per fare delle discese e si sarebbero divertiti, e quanto avrebbero riso.

«Come starà Sandy?» Arlette avrebbe voluto portare con sé la sua bambola, ma era grande e pesante e l'avrebbe limitata nei movimenti, oppure sarebbe toccato ai suoi genitori l'onere di quel peso morto per tutto il viaggio.

«Sono certa che non vedrà l'ora di riabbracciarti. Tu le vuoi bene, vero? Perché lei te ne vuole tanto e ti aspetta con Toby.»

Toby era il terrier di casa con il quale aveva un rapporto speciale, almeno quanto la bambola, ma lui la capiva meglio di Rosy quando soffriva per qualcosa che neppure lei sapeva cosa fosse. Arlette faceva dei cenni col capo e ascoltava, o almeno sembrava ascoltare. Quindi volle toccare tutto quello che c'era intorno, aiutata dagli altri passeggeri che le permisero di ispezionare i loro posti. Il ragazzo coreano le fece maneggiare la sua macchina fotografica dopo essersi assicurato di avere fissato bene il copriobiettivo. La sua ragazza invece le lasciò prendere lo zainetto, e Arlette sorrise quando le restituì l'oggetto. Intanto gli altri undici passeggeri nascondevano sempre meno il nervosismo e si stavano comportando come le persone a terra, ponendosi domande e formulando ipotesi, soprattutto.

«Scusate, mi chiamo Samuel e sono un operaio addetto alla manutenzione dell'impianto.» Il suo italiano tradiva l'accento di Zermatt. «Non c'è motivo di preoccuparsi. Ho appena controllato il gruppo argano e tutto funziona alla meraviglia. Tutto nuovissimo e collaudato per reggere a tutti gli stress.»

Sentendo una voce tra i passeggeri che tirava in ballo la sicurezza dei cavi, Samuel alzò le mani per attirare ancora di più l'attenzione.

«Questo impianto ha un sistema RPD che segnala qualsiasi deviazione della fune dalla gola di scorrimento. In pratica non esiste il pericolo di scarrucolamento. Dobbiamo solo aspettare. Non c'è modo di capire per me da qui che cosa possa essere successo, ma saranno già tutti all'opera, state tranquilli.»

In effetti le parole di Samuel erano giunte al momento opportuno, quando la paura era ancora solo un timore e il nervosismo poteva essere controllato con risatine e logorrea. Joris si distraeva invece col suo drone sottratto alle indagini tattili di Arlette, perché il suo drone lo toccava solo lui. Lo immaginava fare delle riprese da urlo che gli avrebbero fruttato un casino di like sul suo profilo social.

Il drone era il suo unico compagno, di veri amici lui non ne aveva mai avuti. Quando era un bambino tutti lo prendevano in giro perché andava a scuola ogni giorno con lo stesso vestito e perché aveva i capelli scarruffati, sporchi, con la forfora che sbiancava la giacca verde di velluto, appartenuta a suo padre, e poi a un fratello e poi a quell'altro, e così via. Ma non era male.

La mamma aveva cucito due toppe ai gomiti e aveva rivoltato il colletto. Era come nuova. Ma quegli stupidi dovevano per forza attaccarsi a qualcosa. Dicevano che aveva i brufoli e puzzava, ma mica erano i brufoli a puzzare. A casa sua non si doveva sprecare l'acqua calda, così bisognava fare i turni. Lui dopo un po' si stufava e non gli andava più di farsi la doccia. Ma ce l'avevano con lui soprattutto perché era basso e largo, non faceva paura a nessuno ed era sempre distratto a guardare fuori dalla finestra, assorto nei suoi pensieri. Fantasticava di essere il re di un gruppo di bambini speciali con poteri straordinari, come il protagonista di un fumetto che lo entusiasmava. Lui si sentiva per davvero un cartone animato.

Come se non fosse bastato sopportare i suoi fratelli maggiori e i capricci della sorellina, a scuola e per strada se la doveva vedere con le prepotenze dei coetanei. Gli scherzi erano all'ordine del giorno, alcuni davvero crudeli, come quando gli incollarono le dita con la colla cianoacrilica e poi la misero sulla sedia dell'insegnante prima che entrasse in classe. Tutti accusarono lui. E ancor più triste fu che nessuno lo difese, nessuno disposto a prendere le parti di uno sfigato per amor di giustizia. Con gli anni, però, quando dovettero comprargli tutto nuovo perché le sue misure divennero oversize, gli stessi che prima lo bullizzavano diventarono suoi amici. Gli bastava davvero poco per farsi tanti amici: non parlare mai, dare ogni tanto un pugno sul naso e minacciare due o tre cosette. I suoi unici veri amici però erano gli eroi che immaginava ogni giorno compiere le azioni straordinarie che lui ordinava loro. In genere si trattava di salvare vite in pericolo, quasi mai umane, visto che gli umani non meritavano la loro attenzione. Erano piuttosto animali e creature magiche dei boschi, dei fiumi e dell'aria.

«Fa freddo. Non funziona l'impianto di riscaldamento?»

Iris rivolse la domanda a Samuel. Guardò gli altri passeggeri, affinché anche loro sostenessero la richiesta.

«In realtà le cabine non sono dotate di un sistema di riscaldamento. Vengono riscaldate alle stazioni. È sufficiente. Il viaggio è breve. Ma non preoccupatevi. Sarà questione di poco. Non moriremo congelati. Sottolineò l'ultima parola con una *c* pronunciata come una teutonica k e con una risatina che nessuno ricambiò.

Era comunque una seccatura. Arlette mugolava e Carol cominciava a sentire sotto i piedi tutta l'impotenza di trovarsi fermi su un abisso con il vento che faceva fischiare i cavi. Gli altri passeggeri stavano in silenzio, e avrebbe scommesso che qualcosa di allarmante stesse squillando nelle loro teste. Lo stesso campanello che non smetteva di suonare nella sua. La cabina era occupata poco meno della capacità effettiva, tredici occupanti su ventotto posti a sedere, forse per l'orario o forse perché si temeva il ripresentarsi di quegli strani fenomeni. Tredici era un pessimo numero per un'americana, e Carol non faceva eccezione. Non le era mai piaciuto questo numero, anche se si sforzava di mantenere uno sguardo scientifico e razionale su argomenti del genere. Aveva più senso concentrarsi sul magnetismo impazzito di cui tutti parlavano. Lei e il marito non si erano accorti di nulla, anche se si trovavano già sul posto. Se avesse visto le cose strane che si raccontavano, forse anche lei si sarebbe rifiutata di montare su una cabina della funivia più alta d'Europa. Ma avrebbe fatto la figura della donnetta con Dario che, dopotutto, era un ingegnere civile e aveva decantato la sicurezza futuribile di questo impianto. "Quando il tuo ex ti ricatta moralmente per trascinarti in qualcosa che interessa solo a lui, che cosa puoi aspettarti?" pensò Carol con un moto di stizza, "Visto che alla fine poi quella rimasta bloccata a duecento metri dal suolo era lei, mica quello stronzo. E Arlette avrebbe avuto tutto il diritto di godersi un po' di benessere invece di questo". La bambina guardava sua mamma e si rifugiava sulla sua spalla perdendosi con lo sguardo oltre le vetrate della cabina. Carol inquadrò meglio gli altri passeggeri: erano passati a un'altra categoria, da passeggeri a compagni di viaggio. Sulla sua sinistra sedevano i due coreani, che per lei avrebbero potuto essere benissimo una coppia di cinesi vestiti come americani. Da qualche minuto avevano cessato di agitarsi. L'entusiasmo era scemato con le poche parole captate dagli altri. Si capiva che un po' di inglese lo masticavano, ma Carol non ci pensava neppure di rivelare la sua origine. Avrebbe dovuto poi prendersi il fastidio di rassicurarli e magari persino fare loro da interprete per tutto il tempo. Troppo impegno.

Subito dopo sedeva una signora di una certa età, una donna minuta con i capelli sale e pepe tenuti insieme da una treccia che le toccava le scapole. I suoi lineamenti delicati e gli occhi scuri, intensi, ricordavano una bellezza non ancora sfiorita.

Iris riduceva di continuo lo sguardo a una fessura per la pigrizia di mettere gli occhiali portati al collo in un astuccio di plastica. Con l'età era diventata una donna pratica. Per la sua escursione al Piccolo Cervino si era vestita con dei leggins viola, su scarpe da trekking di cuoio, e una camicetta sotto una giacca a vento termica giallo senape. Viaggiava con uno zainetto e racchette, denunciando così il senso della sua salita. Divorziata da circa vent'anni, aveva deciso di vivere la vita senza più compromessi. Da tempo aveva accettato l'idea che la parola single si declinasse con solitudine o vita sregolata. Di certo lei non era del secondo tipo. Non aveva amici, e da quando era andata in pensione i colleghi che reputava tali si erano dileguati dal suo orizzonte. Teneva contatti col marito Gunter che si era rifatto una vita con una molto più giovane di lei dalla quale aveva avuto tre figli. Iris non ne aveva di suoi e le faceva piacere pensare che in fondo quei figli, tramite Gunter, potessero appartenere un po' anche a lei. Ora passava molto tempo a lavorare a casa come traduttrice e, quando si ritagliava un po' di spazi, si dedicava a ciò che amava di più, immergersi da sola nella natura.

Samuel si spostava di continuo armeggiando con il cellulare, proprio come stavano facendo i giovani del gruppo. Sembrava seccato che la linea non prendesse. D'altronde anche Carol ci aveva provato, ma dopo il messaggio di Dario il cellulare non aveva emesso più alcun segnale. Non c'era verso di provare, e forse neppure da stupirsi, visti i precedenti scherzi del magnetismo terrestre. Samuel pensò che tenere aggiornati i presenti avrebbe evitato il diffondersi dello stato d'ansia tra i passeggeri, prima che potesse sfociare addirittura in panico, così spiegò che se fosse riuscito ad agganciare il satellite avrebbe potuto consultare i dati del sistema e capirne qualcosa. Inutile. Solo parole per fare conversazione in una situazione assurda.

Carol cominciò a maledire il suo ex. Per sentirsi meglio non aveva bisogno di dialogare con questo operaio pelato che le arrivava alla spalla, lei aveva bisogno di prendere a schiaffi Dario. Lo osservò meglio. Samuel non era quel tipo di uomo che avrebbe potuto avvicinarla per flirtare con lei. Già pensare che non era il suo tipo strideva anche solo con l'ipotesi. I pochi capelli biondastri erano portati lunghi sul collo ed erano la parte migliore di un uomo oltre i quaranta con occhi azzurri acquosi, baffi rossicci, sopracciglia folte, rossicce pure loro. Anche se era appena sovrappeso, dava l'impressione di flaccidità e la tuta bianca, di una misura in più, non aiutava. Era ancora in servizio. Anche se Carol era ben lontana dall'apprezzarlo, Samuel doveva essere una brava persona, un uomo mite e schivo. Purtroppo lui attribuiva proprio al carattere il fallimento del suo matrimonio, con moglie e tre figli, due maschi e una femmina, a Zermatt. A peggiorare il suo aspetto di uomo di mezz'età trascurato c'era poi il carico di sensi di colpa con cui si torturava ogni volta che vedeva la sua famiglia evolversi senza di lui. Loro si erano adattati alla nuova situazione. Lui no. Lui era stato lasciato indietro. E questo succedeva ogni giorno perché viveva a due isolati da loro. In passato, subito dopo la separazione, si sentiva così storto e abusato, tanto da pensare più volte di commettere un gesto estremo, ma non ne aveva avuto il coraggio, cosa che contribuì ad alimentare una depressione cronica. Prima del periodo nero amava stare con la famiglia il più possibile, quando ad esempio facevano escursioni in montagna tutti insieme. Odiava invece il mare dove la moglie andava da sola coi figli. Erano troppo diversi, loro due.

Di fronte a Carol, nei sedili centrali, si trovava una bella coppia. "Con Dario avrò scambiato gli stessi sguardi, immagino", pensò con quel tanto di brivido acido che le saliva lungo la schiena quando si sentiva sarcastica. I due erano veri sportivi, non solo perché ne avevano tutte le caratteristiche fisiche, ma perché aveva captato qualche parola. Erano forse gli unici abbastanza tranquilli e rassegnati. Carol immaginò che per loro prendere mezzi agganciati a dei cavi d'acciaio fosse come per lei spostarsi in metro a N.Y. La ragazza era quella che lei avrebbe definito una *strafiga.* Gli occhi verdi allungati da bellezza persiana si intonavano con l'abbronzatura d'alta montagna, che le chiazzava appena il viso. A Carol ricordava la pubblicità di una crema solare anti UV. Labbra rosa sempre impiastrate di burro cacao, capelli lunghi alle spalle non curati, tenuti insieme da una fascia. Completava il ritratto un naso piccolo su labbra carnose.

Marianne era una sciatrice professionista ventiduenne italo

svizzera di Locarno, abbastanza nota nel suo paese, che stava accompagnando un amico a vedere il posto. Intendeva provare varie piste di slalom in altrettante località alpine con il suo allenatore Franco Rocchi. Aveva approfittato del suo giorno di riposo per far conoscere all'amico Fabio, collega di fondo, il Matterhorn Glacier Paradise. Tra i due per il momento c'era solo una reciproca attrazione. Marianne non era ancora pronta per ricominciare, da quando aveva perso il fidanzato durante un volo in parapendio finito in tragedia.

«La bambina lo mangia un wafer?» chiese il ragazzo palestrato. Carol si stupì di tanta serafica incoscienza. O forse era solo lei quella esasperata e intollerante di tutto, anche di una situazione imprevista, una seccatura, una stupida deviazione dalla norma, un contrattempo da niente ingigantito da altre cause. "Che ci sto a fare sospesa tra le montagne a fare il pendolino?"

«Grazie, molto gentile!» rispose. Arlette aveva rivolto gli occhi al biscotto e andava interpretato come gradimento. Sembrava che a sua figlia piacessero i modi di quel giovane. Perché no? Arlette era una bimba autistica di sette anni, ma era perfettamente in grado di farsi un'opinione, e quel giovane aveva una bella voce alla pari con tutto il resto.

Fabio, sciatore di fondo, era amico di Marianne fin da quando erano adolescenti, era il brufoloso della compagnia che nessuno filava. Soprattutto Marianne. Poi il brutto anatrone si era trasformato in una specie di alter ego di lei, con il fisico da campione sportivo. I capelli rossi erano portati all'indietro col gel. Fronte spaziosa da supereroe, abbronzata come il resto. Occhi chiarissimi di un celeste pervinca uniforme. Il maglione intorno alla vita e la t-shirt bianca, molto vissuta, gli permettevano di mostrare i muscoli e il disprezzo del freddo, perché i veri uomini dovevano dimostrare la loro forza a partire dalla resistenza alle temperature rigide. Fabio parlava con gli occhi, e i suoi occhi tradivano il suo interessamento per Marianne, sogno proibito di ogni ragazzo frustrato, per lui a maggior ragione. Insomma una tipica situazione ripetuta chissà quante volte nelle adolescenze di tutto il mondo. Per quello, e perché amava viaggiare, aveva accettato di raggiungerla per l'escursione, facendo il diavolo a quattro per spostare date e appuntamenti.

I passeggeri dall'altro lato della cabina mostravano una certa animosità. Ormai erano trascorse almeno un paio d'ore. C'erano anche delle esigenze fisiologiche da soddisfare in un ambiente in apparenza blindato. Samuel si fece avanti. Ci avrebbe pensato lui. Qualcuno aveva proposto di fare le presentazioni. Carol immaginò che si stessero organizzando inconsciamente per resistere a un lungo assedio e magari stabilire delle gerarchie. La deformazione professionale la seguiva anche qui, una psicologa comportamentista trova sempre da lavorare in circostanze come queste. C'era quel Luca che si dava un gran daffare a far prevalere il suo carattere dominante, ma a lei sembrava più l'esibizione di un giovane sbruffone.

«Potremo cercare di comunicare con la stazione con la luce dei telefonini, se riescono a vederla, magari con segnali morse» disse. Laggiù erano ancora in pieno giorno, mentre loro erano nella semioscurità della luce di un'eclissi. «Samuel, è possibile fare buio nella cabina?» Luca si eccitava con le sue stesse parole.

«Sì, potrei smontare i pannelli al led, ma ci vorrà un po'. Ma perché scusa? Intanto chi di voi conosce il linguaggio morse?» La domanda restò sospesa.

«Io conosco l'SOS» disse una ragazza strampalata che si presentò come Maria.

«Tutti conoscono l'SOS, ma che senso avrebbe, già lo sanno

che siamo in difficoltà.» Non ci voleva molto a ricordarsi tre punti e tre linee. Samuel si rammentò di quando giocava col telefono col filo. Batteva sul barattolo e dall'altra parte quell'altro rispondeva l'OK. Ma come si faceva l'OK? Qui ci voleva ben altro che un filo e due barattoli. La stazione di sopra poi non si vedeva neppure, a causa della nuvola che li sovrastava. Certo che lui in tanti anni di lavoro non si era mai trovato in una situazione così. E soprattutto le nuvole di solito si allontanavano con il vento. Qui non aveva smesso di sibilare da quando la cabina si era fermata. Possibile si fosse formato un fronte tanto esteso sulle loro teste? Eppure le previsioni meteorologiche avevano previsto tempo stabile e rialzo delle temperature.

In lontananza si scorgevano i crinali di roccia evidenziati dalla luce del sole. Che stava succedendo?

Luca intanto aveva perso parecchia verve dopo che la sua iniziativa era stata bocciata in quanto demenziale, proprio quando stava per suggerire di usare i cellulari per cercare su Google l'alfabeto morse. Per fortuna si era accorto dopo le prime parole di stare per fare la figura dello sciocco, così si era seduto per pensare, incassando la testa tra le spalle.

Luca era un ragazzo di Courmayeur, spavaldo, sui trent'anni, di corporatura media e curato all'eccesso nella persona.

Nell'insieme, tra occhi chiari, capelli castani legati con il samurai bun, secondo l'hairlook di moda, e la pelle di un ramato uniforme, la sua figura esprimeva boria e autostima. D'altra parte lui considerava l'abbronzatura la prima pagina del passaporto per il culto della propria immagine. Lo si capiva dal segno degli occhiali con il contorno più chiaro intorno agli occhi. Come ulteriore elemento di ostentazione vestiva per intero di bianco e solo la felpa esibiva il vistoso marchio di una griffe famosa. Nella vita era uno studente di legge fuoricorso, l'alibi per un'esistenza da parassita. Per indovinare che fosse di famiglia benestante non occorreva un profiler. Luca però non conosceva la noia esistenziale dei ricchi, perché era impegnato sul fronte ambientale e faceva parte di diverse organizzazioni che contrastavano coi fatti il turismo di massa, nei luoghi ancora incontaminati delle Alpi. Non si trovava lì per caso. Aveva affittato un appartamento a Cervinia, insieme ad altri accoliti, per studiare da vicino l'impatto dell'impianto sull'ecosistema e quei progetti che stavano sviluppando reti di collegamento tra le valli. La sua presunzione sconfinava dal culto della fisicità alla convinzione di essere provvisto, altresì, di ragionamenti dal solido spessore filosofico.

Carol continuava ad accarezzare i capelli di Arlette, la quale aveva spostato la sua attenzione su quella ragazza che aveva parlato poco prima, Maria. È probabile che fosse attratta dai colori del suo aspetto da manga con i capelli sparati di blu e bianco. Longilinea sino al limite dell'anoressia, aveva naso e bocca a fessura che si perdevano in un viso tondo, dove due occhi scuri puntiformi sconfinavano in due occhiaie profonde. La sua figura filiforme si sollevava dagli stivali neri di plastica lucida sino al ginocchio. Indossava una minigonna rossa di lana pesante, una t-shirt bianca a maniche lunghe con l'immagine di un gatto grasso, e un giubbotto felpato, anch'esso rosso, che sosteneva col dito. Portava sulle spalle un piccolo zaino di tela con motivi peruviani. Arlette ricordava di aver visto quegli animali e di averci giocato. Gli alpaca le piacevano. Allo zoo uno le aveva appoggiato il muso in grembo e lei lo aveva abbracciato intorno al collo. Gli aveva voluto bene. Ma i suoi non avevano compreso che lei ne voleva uno per sé a casa e che per lui avrebbe rinunciato persino a Sandy. In qualche modo i suoi genitori la deludevano sempre.

Maria doveva essere più o meno coetanea di Luca, ma con una storia molto più travagliata. Milanese di nascita, era scappata di casa con il suo ragazzo, Werner, un pusher che la stava aspettando in vetta. La sua famiglia di origine era sfasciata: un fratello in galera per droga e reati contro il patrimonio, il padre e la madre dispersi nell'hinterland con nuove famiglie incasinate come non sapessero fare altro. Le sue vicende da adolescente confusa l'avevano portata in diversi luoghi d'Europa: Londra, Amsterdam, Monaco di Baviera, infine a Berlino, dove si era legata a Werner a causa della sua dipendenza da varie droghe, forse tutte. Il loro era diventato un sodalizio di lavoro. Werner stava cercando nuove aree di spaccio nei grossi centri della valle dove c'erano diverse discoteche e a volte dei rave, rari, perché lì erano molto rigorosi, ma anche luoghi dove molti giovani turisti si aspettavano proprio gente come loro. L'unico problema era stare attenti a non pestare i piedi alla concorrenza già attestata, perché si rischiava grosso. Maria per il suo aspetto avrebbe fatto il paio con il ragazzo taciturno di spalle a Carol, tanto magro da sembrare anche lui sofferente. In piedi era un perticone biondo con capelli lisci, sfilati a caschetto, portati in stile anni '70, baffi che ricordavano il George Harrison di Sgt. Pepper e pelle chiara da sembrare diafana, perché la vaga abbronzatura sulla fronte e sul naso aquilino non faceva testo. Indossava un maglione di lana a girocollo grigio direttamente sulla pelle, e un paio di pantaloni elasticizzati leggeri color senape. Quando si girò verso di lei, Carol notò i suoi occhi buoni, chiari e sfuggenti.

René era il cameriere svizzero di un turno mancato al bar panoramico. Lavorava lassù sino dall'apertura e amava il suo lavoro. Era gay, ma senza ostentazione. Aveva fatto coming out da poco. Sul lavoro sapeva essere ciarliero e professionale, ma nel suo spazio privato non si esibiva volentieri nei modi convenzionali del socializzare. La riservatezza è spesso frutto di sofferenze accumulate nel tempo e René ne aveva stratificate molte sin nei primi anni di vita tanto che ora, raggiunta una certa stabilità e il rispetto degli altri, preferiva muoversi nel mondo con circospezione. Era nato in un paesino vicino a Zermatt, dove da bambino aveva subito violenze fisiche dal garzone del padre, gestore di una birreria. Nel tempo aveva seguito studi alberghieri a Lucerna, dove aveva provato le prime gioie e i primi dolori in amore.

Carol si riscosse dallo scanner mentale che passava in rassegna gli altri passeggeri, quando Samuel le chiese se avesse con sé teli, asciugamani o simili, oltre a contenitori che potessero essere d'aiuto. Solo liquidi, per il resto bisognava tenersi tutto dentro.

Anche se la cabinovia avesse ripreso a funzionare di lì a momenti, a fronte dell'emergenza in atto, occorreva non essere colti impreparati. Samuel voleva adibire uno degli angoli in latrina improvvisata, creando un barlume di privacy. Il plaid in microfibra di Arlette poteva servire, anche se lei era molto gelosa delle sue cose e questo oggetto nella sua testa avrebbe potuto essere la coperta di Linus, come anche nulla di importante. Carol lo mise tra le mani di Samuel un po' a malincuore, seguita dallo sguardo attento di Arlette. *Don't panic, that's okay.* Il ciccione di età scolare stava liberando una bottiglia di coca cola del suo contenuto. La vuotò in un fiato. Dove credeva sarebbe finito tutto quel liquido? Tanta generosità da parte sua sarebbe tornata al mittente di lì a poco. Gli altri erano presi a frugare tra le proprie cose. Solo quella signora anziana con la treccia, della quale ricordava a malapena il nome, Iris forse, non partecipava all'iniziativa. Era una figura statica persa in un suo spazio-tempo privato dove una qualche sofferenza la teneva lì, bloccata.

Iris aveva ricollegato la questione dei bisogni corporali con i racconti dei genitori, entrambi scampati allo sterminio nazista. Quelle persone stipate nei vagoni, il cui viaggio interminabile costringeva gli occupanti ad arrangiarsi tra il fetore inevitabile, erano solo state immaginate da Iris, ma certe descrizioni avevano preso consistenza nella sua infanzia e non se n'erano andate più via. Quando poi ebbe modo di visionare i documentari sovietici, per lei fu solo un dejà vu. Il viaggio doveva essere apparso interminabile, come quella attesa di essere recuperati. O forse era il caso di pensare *salvati*? "Non drammatizzare Iris, reagisci", pensò incontrando lo sguardo della bella signora che la invitava a prendere una caramella. "Razioniamo i viveri? Basta, a volte sei proprio sciocca Iris".

L'accento marcato di Barbara rivelava le sue origini germaniche. Per parlare si era dovuta piegare in avanti a causa dell'altezza da top model. Tutta l'energia creativa dei suoi geni pareva concentrata nelle gambe da cicogna, riducendo gli sprechi dove ci sarebbero dovute essere delle curve. Teutonico e androgino avrebbero potuto andare a braccetto. Iris la trovò subito simpatica e la invitò a sedere accanto a lei. Poi la riconobbe.

Barbara aveva quella pelle rosata, che nei maschi sa di rosa maiale ma che nelle belle donne diventa fiore di pesco. Temeva di abbronzarsi in modo eccessivo e ancora di più di scottarsi con i raggi solari di alta quota; per la preoccupazione si era spalmata di creme con filtro a protezione totale e il viso le risplendeva come una superficie di plastica. Le parti del viso erano ben proporzionate e lasciavano agli occhi grigio-celesti il ruolo di protagonista. Le labbra pallide erano rese esangui da un abbondante strato di rossetto antisolare. Dopo una breve conversazione, Iris ebbe conferma dell'orientamento sessuale della donna. Certe allusioni erano esplicite, ci sarebbe arrivato chiunque.

Barbara in genere si sentiva attratta da donne più giovani, ma Iris aveva un modo di porsi tanto dolce e innocente, nonostante la situazione estrema, che cominciò a provare tenerezza per lei. Nella sua fragilità, più da adolescente che da pensionata, e nel fisico minuto, nei tratti delicati, vi scorgeva una sua cotta giovanile, uno di quegli amori che non dovrebbero finire mai, ma che lasci indietro quando la vita ti fa correre senza ritegno e, non appena ti volti per accertarti che sia ancora lì, ti accorgi che è sparito. Gli amori si dissolvono, ma lasciano le loro tracce, il più delle volte sono cicatrici, altre volte sono solo languori struggenti. Il suo ricordo era di quest'ultimo tipo. Osservare questa piccola donna inglese le rinnovava quel certo malessere.

Barbara era lesbica dichiarata. Aveva fatto coming out da adolescente e già allora aveva iniziato il suo impegno per il cambiamento culturale. Cinquantenne dichiarata, ma più matura secondo l'anagrafe, era piuttosto affermata in Germania come scrittrice per l'infanzia, e al presente era impegnata a creare una collana che educasse i bambini al rispetto per le diversità di genere.

Non era solo una scrittrice, ma anche un'accesa femminista e una radical militante. Per questo di recente aveva subito feroci attacchi da parte di gruppi razzisti del suo paese e si era presa una pausa dalla lotta. In seguito, dopo aver ricaricato le pile, si sarebbe esposta, a costo di pagarla cara, con una promozione serrata del suo ultimo libro, un romanzo per adulti che si sarebbe potuto ascrivere alla letteratura LGBT. In particolare, nella vicenda narrata quattro individui, due gay e due lesbiche, si erano accordati per vivere insieme come una famiglia, formata in apparenza dal matrimonio di due coppie. In tal modo i quattro nel loro mondo chiuso potevano gestire meglio le fecondazioni degli embrioni in modo autarchico. A causa della sua militanza c'era chi la voleva scomunicata e, i più estremisti, al rogo.

Essere una scrittrice per l'infanzia non l'aveva resa materna. I bambini le piacevano, ma a distanza, un po' come quei pedagogisti che teorizzano tante belle cose senza mai essere entrati in un asilo, in una scuola, e magari senza neppure avere figli e nipoti. Non ne sopportava l'invadenza, ecco. Almeno Arlette si faceva i fatti propri e non si mostrava petulante con un sacco di domande. In quella situazione una bambina autistica era quasi un miracolo, almeno finché non avesse creato problemi.

In realtà a lei interessavano più le bambine che i bambini. Per lei era importante l'educazione femminile, affinché non ci fossero più degli esseri umani di serie B. Bisognava cominciare fin da subito, nella primissima infanzia. E purtroppo la cosa era di competenza della famiglia, dove le donne sono le sacerdotesse dei valori tradizionali che preservano con ostentata perseveranza. Quello era a tutti gli effetti il nocciolo della questione. Ma per cambiare i valori della società ci voleva di più di una giornalista scrittrice incazzata. Lei poteva fare solo la sua parte. Scriveva fiabe con un punto di vista sociale aperto e di rottura con le convenzioni.

Samuel aveva fatto allontanare i passeggeri dalla zona intorno alla quale stava trafficando con un cacciavite. Solo Luca e Fabio erano stati invitati ad aiutarlo. Un pannello del soffitto andava rimosso per poter poi smontare la piastra di metallo che consentiva l'accesso all'esterno, prevista per eventuali ispezioni d'emergenza del carrello. Anche il ragazzone dai capelli rossi aveva insistito per unirsi ai tre e aveva lasciato incustodito il drone, causando il primo incidente spiacevole.

Infatti Arlette non si lasciò sfuggire l'occasione. Puntò decisa sul drone, senza lasciare spazio a manovre diversive di Carol.

Nel giro di pochi attimi, dopo averlo afferrato e mandato a sbattere con violenza contro uno dei grandi vetri panoramici, si girò a fissare il ragazzo in atto di sfida.

«Che fai, brutta troietta?!» Arlette venne scansata in malo modo, rischiando di battere la testa contro le parti metalliche dei sedili. Carol da parte sua scaricò tutta la rabbia, sino ad allora repressa, su quei capelli rossi, tempestandoli di pugni e schiaffi. Il ragazzo tentò di reagire menando a sua volta le mani, ma fu afferrato da Fabio e scaraventato in un angolo, a lamentarsi e scalciare.

Joris aveva solo diciassette anni. Come se quell'età non fosse già di per sé una disgrazia nel numero e nella sua forma adolescenziale. Portava i capelli color carota, anche se le carote al confronto diventavano anemiche, sparati sulla testa con un quintale di gel. Il naso piccolo sarebbe stato considerato grazioso sul viso di una fanciulla e un po' troppo all'insù su quello di un uomo, come un naso che avesse subito una sforbiciata.

Carol era infastidita dai nasi così sfacciati da mostrare le adenoidi, ma quello che lo rendeva davvero sgradevole era la distanza assurda tra il naso e il labbro superiore.

A completamento del quadro d'insieme la faccia rigonfia era tempestata di lentiggini e acne. Non si poteva definire obeso, grazie al suo metro e ottanta circa di altezza, ma si intuiva che da adulto, una volta completata la formazione dello scafo, lo sarebbe diventato. Per ora non si sarebbe sbagliato a considerarlo, nell'insieme, solo massiccio. Frequentava una scuola professionale a Cervinia, ed era intenzionato a usare il suo drone in alta quota per servirsene sui social. Fin troppo facile e scontato usare le parole crisi adolescenziale con lui. Joris era l'ultimo dei maschi e penultimo di cinque figli, tutti ancora in casa. Il padre lavorava in Svizzera nel cantone di Argovia e si faceva vedere raramente. Tutti pensavano che avesse una seconda famiglia, ma il suo secondo amore era solo la birra. La madre sino ad allora aveva gestito i figli come un carabiniere, e non c'era molto spazio per il dialogo con tutto quel rumore in casa. Il nonno materno era l'unico che si occupava di lui. Gli insegnava tante cose e gli raccontava storie e leggende della valle, ma era morto quando aveva dodici anni e da allora Joris si era irrigidito contro tutti. Non sorrideva mai se non era da solo e a scuola faceva il bullo per non essere lui stesso bullizzato come ciccione, per quanto quello non fosse più successo dopo la crescita esponenziale delle sue spalle. Amava il drone almeno quanto suo padre amava la birra e sua madre poltrire. Nei suoi sogni c'era diventare un pilota di droni. L'altra aspirazione segreta, era trasformarsi nel suo avatar di internet. Il suo mondo virtuale non era però quello della violenza e della competizione, ma quello delle fiabe dove avrebbe potuto essere felice per ciò che lui era sul serio.

2.

René fu il primo a non farcela più. Si scusò infinite volte, ma doveva orinare o si sarebbe pisciato addosso. Già a metà pomeriggio tutti i maschi ad eccezione di Fabio avevano svuotato la vescica nelle bottiglie di plastica, mentre le signore speravano che i tecnici le avrebbero risparmiate da quella umiliazione. La resistenza delle donne superò quella dei maschi. Non ci sarebbe stato nulla di male nel liberarsi di un bisogno naturale, ma non quando si percepiva come degradante dover mostrare i limiti di un corpo fatto di carne, debole e tirannico nella sua inferiorità. Questo valeva soprattutto per Carol e Iris. Le donne più giovani si sarebbero adattate alla necessità senza recriminare. Al momento giusto avrebbero reso disfunzionali tupperware e similari senza pensarci due volte. Samuel si era offerto di svuotare i contenitori dal varco sul tettuccio della cabina, dal quale ora entrava un'aria gelida accompagnata dai sibili del vento contro i cavi. René gli passava le bottiglie e Samuel svuotava. Nel vedere quel liquido che scendeva giù dai vetri qualcuno pensò quello che Joris invece disse senza remore: «che schifo, cazzo!» Altri avvertirono invece per la prima volta un senso di sgomento misto a paura.

Marianne guardò ancora una volta l'orologio, anche se aveva smesso di funzionare. Da quando? Di sicuro dovevano essere bloccati da non meno di quattro ore, forse più. Non migliorava la situazione il fatto che dal basso stavano dirigendo su di loro dei fari. Ma almeno qualcuno mostrava di far capire loro che non erano soli, che si stava facendo il possibile per tirarli fuori da una situazione paradossale. Marianne si mise a piangere nascondendosi dietro una mano e lasciò che Fabio la abbracciasse. Per qualche minuto l'ambiente restò silenzioso, con le luci dei proiettori che giravano tra la cabina e lo strato di nuvole appena sopra di loro. La calma apparente fu interrotta da una voce di bimba che cantava una cradle song, una ninna nanna.

Invece di essere rasserenante il canto di Arlette metteva i brividi. Teneva i palmi delle mani in alto sulla vetrata formata dalle due porte automatiche e fissava il grigio della nuvola, una nebbia piatta in fermento sempre più simile a un soffitto. Maria si agitava sul pavimento con le mani che non stavano da nessuna parte. Era ancora presto per una crisi di astinenza, ma sarebbe venuta prima o poi, accelerata dall'ansia. Quella canzoncina la torturava come i ricordi rimossi che tornano inaspettati da dove li avevi relegati. Il nonno le cantava delle canzoni come questa quando la accarezzava. Quando la sopportazione giunse al culmine, il grido che teneva dentro di sé in quella stanza segreta, che odorava di muffa, emerse fulmineo e si trattenne sulle labbra, perché il rumore di un tuono meccanico, ripetuto come onde in sequenza, fece sobbalzare tutti i passeggeri, che si mossero per cercare di vedere meglio dai vetri.

«È un elicottero! No più di uno. Guardate le luci, laggiù!» Joris fu preso dall'entusiasmo che gli veniva dall'essere un esperto in materia. Tutti però avevano già intuito che si trattasse proprio di elicotteri.

«Ci deve essere un gran trambusto là fuori.» Luca, che fino a poco prima sembrava il più depresso di tutti, adesso si era acceso come un cerino a nuove speranze. «Si stanno dando parecchio da fare per salvarci. Vengono a prenderci con gli elicotteri!»

«Ho contato almeno quattro elicotteri. Davvero valiamo tanto?» A parlare era Barbara. «Venite qui da questa parte. Riuscite a intravvedere una fila di luci in fondo alla valle? C'è movimento laggiù. Anche loro stanno partecipando al nostro recupero?»

Si fece da parte per permettere a Joris di puntare il binocolo tascabile, utile per studiare meglio l'area dove il suo drone avrebbe volteggiato. Anche il coreano si sforzava di osservare meglio usando il teleobiettivo della Canon. Ogni tanto si girava a comunicare la sua sorpresa alla compagna e al resto del gruppo, che non capiva.

«Ripete lorries, camion.» Iris tradusse l'unica parola che riuscì a comprendere e Carol confermò, anche se per lei si trattava di gatti delle nevi, mezzi cingolati. Non si poteva esserne certi. Non c'era neve laggiù. Forse c'erano invece ancora delle strade a quell'altitudine. Le ipotesi riportarono un po' di animazione nella cabina e riattivarono la speranza che presto tutto sarebbe finito. Marianne chiese di controllare gli orologi nel caso si fossero messi a funzionare di nuovo. Si erano tutti fermati ore prima, confermando che dovevano essere incappati in uno di quei fenomeni magnetici segnalati nei giorni precedenti. Solo l'orologio a bilanciere di Iris funzionava a meraviglia. Era stato il regalo per il suo diciottesimo compleanno: un oggetto liberty appartenuto alla nonna, un bene di famiglia, con la cassa rotonda d'oro decorata in madreperla e brillantini. Ma no, gli orologi erano sempre fermi e, a parte qualche luce da luna park, non sembrava che le cose fossero mutate a loro favore. Soprattutto la cabina non si era spostata di un centimetro, semmai preoccupavano quei rumori che si sentivano provenire da sopra, dove c'era il carrello.

I suoni simili a scricchiolii di lastre di metallo sbattute e contorte dal vento aumentavano nel tempo, ma ciò nonostante dall'interno dell'abitacolo si percepiva solo l'immobilità assoluta. Era come trovarsi in un lampadario sotto un soffitto plumbeo. Samuel era andato in loop a forza di ripetere che non poteva succedere nulla al carrello, che era il miglior sistema di sicurezza mai realizzato, e via dicendo. Alla fine, quando anche Arlette ebbe bisogno di orinare facendo da apripista alle altre, Samuel deliberò che avrebbe approfittato dell'incombenza igienica per dare un'occhiata al carrello e ai cavi.

Dapprima si dovette riaprire il varco e poi si rivide la solita scena disgustosa della latrina che si sversava dal tetto. Quindi Samuel chiese che gli passassero la torcia. Anche con i piedi sugli schienali la sua altezza gli consentiva al massimo di arrivare a mettere la testa e il collo fuori dall'abitacolo. Avrebbe voluto salire almeno sino alle spalle, perciò invitò i ragazzi ad aiutarlo. Sarebbe montato con un piede sulla spalla di Fabio e l'altro su quella di Luca, che però faceva delle smorfie e delle battute sul suo peso. Samuel rise e lo rassicurò: si sarebbe retto con le braccia, facendo leva sul tetto. Luca non si stupì che Samuel non avesse chiamato anche René a dar manforte. "Di sicuro è una signorina." Lui lo capiva subito se uno aveva certe inclinazioni perché, come diceva, se ne *inforchettava* qualcuno ogni tanto, soprattutto tra i suoi seguaci. Aveva un senso: stabilire maggiore affiatamento e sintonia con i propri sodali. Anzi, all'interno del gruppo incoraggiava lo scambio di liquidi corporei anche in orge occasionali. Ma lui era contro l'omosessualità indiscriminata. Dovevano essere deviazioni alla regola, perdonabili solo se si rientrava nella retta via. Lui aveva anche delle fidanzate, quando capitava, che presentava alla famiglia e che alla madre non piacevano mai. Meno male per lui che così non si sentiva obbligato a continuare relazioni poco soddisfacenti. Quel suo compagno di viaggio comunque non gli dispiaceva.

Sembrava uno "vivi e lascia vivere", una sveltina e via. Se fossero arrivati a destinazione, chissà, avrebbe potuto anche farci un pensierino.

All'interno della cabina si era diffusa un'aria di rassegnazione.

Arlette si era addormentata con la testa sulle ginocchia della madre. Barbara e Iris conversavano con un filo di voce. Mostravano di intendersi benissimo. «Io lo so chi è lei. Ho letto alcuni suoi libri, in traduzione naturalmente. Non conosco una parola o quasi di tedesco. Li ho anche usati per le mie lezioni.»

«Mi fa piacere, ma spero mi vorrai dare del tu.»

«Volentieri. Visto il livello di intimità che si sta creando tra noi a causa di questo spiacevole inconveniente, tutti dovremo darci del tu, non trovi? Siamo un pugno di esseri umani la cui vita è appesa a un filo, di nome e di fatto mi pare, quindi i convenevoli non hanno molto senso con chi potrebbe diventare presto un compagno per il viaggio nell'aldilà.»

«Mio dio, non dire certe cose. Sono già abbastanza sottosopra. Ma prima mi raccontavi di questa tua fuga sulle Alpi per sfuggire a qualcosa.»

«Be', cara, mi sono fatta prendere la mano. Ho scritto questo libro che è uscito e subito ritirato dall'editore, perché in ventiquattro ore ha sollevato un vespaio nazionale. Si vede che il karma mi ha raggiunto sin qui.»

«E noi che c'entriamo con il tuo karma? Ha scommesso su di te e vince tutto il jackpot?» Iris cercò di sdrammatizzare, ma l'ironia non era il suo forte, così la battuta suonò sarcastica, anche perché sottolineata da un falso sorriso.

«Ti chiedo scusa.» Barbara scoppiò a ridere. «Comunque a me la provocazione, l'idea di far conoscere le alternative alla famiglia tradizionale, era sembrata ottima. Non è così bizzarro, come è stato detto, che due coppie omosessuali, di sesso diverso, si mettano d'accordo per diventare genitori. Oltretutto l'idea era una concessione alla visione oscurantista che vuole ci siano sempre un padre e una madre, le due figure della tradizione cristiana. A me piaceva pure che i quattro creassero una famiglia allargata, vivendo tutti assieme.»

«Sì, hai fatto bene a scappare su per i monti. Sono solo stupita di due cose. La prima che tu abbia trovato un editore, anche se contando sullo scandalo e sulle previsioni di vendita non c'è da stupirsi più di tanto. La seconda che tu non sia stata ancora lapidata, mia cara.»

Maria e René, come in trance, ognuno a suo modo, si erano sdraiati del tutto sul pavimento, incuranti di intralciare gli altri che dovevano scavalcarli.

«Grazie René, sei davvero troppo buono con me. Mi ricordi mio fratello Gianni. Anche lui si è preso cura di me quando eravamo piccoli. Sai, lui ha undici anni più di me... sta scontando due anni di prigione perché l'ha fatta grossa. Cioè non lui, lui si è solo fidato, perché è un ingenuo, forse proprio come te.»

Raccontò che suo fratello Gianni vegliava su di lei, ma non c'era mai quando il vicino di casa, amico fidato, la costringeva a giocare col suo gingillo, finché si decise a fare il passo più lungo e la deflorò a soli dodici anni. Lei voleva dirlo a Gianni, ma si vergognava, voleva dirlo ai suoi genitori, ma aveva paura di essere rimproverata per non averlo detto subito. Intanto quell'uomo dell'età di suo padre continuava a fare di lei quello che voleva. Per non pensarci, prima si era rifiutata di mangiare diventando anoressica, poi aveva cominciato a darla a tutti quelli che gliela chiedevano, e in seguito a farsi, perché era un modo come un altro per andare avanti. La scuola le era servita solo per procurarsi la droga e, una volta trovati gli agganci giusti, per spacciare a sua volta. All'inizio cose leggere, ma in seguito, attraverso una rete fitta di conoscenze, era passata a sballarsi di brutto con alcol, anfetamine ed eroina. I suoi si erano divisi, così lei aveva vissuto un po' con Gianni che stava con una dalla quale si faceva mantenere. Ma poi quella tipa non la volle più tra i piedi, perché non intendeva mantenere tutta la famiglia. Lei, però, la droga se la pagava con i suoi soldi. Si procurava i clienti a Porta Venezia da un'amica che aveva messo su una specie di bordello per ragazze dell'est. Lei era l'unica del posto. Non era bella come le altre, però era giovane e così racimolava un bel po' di grana. Decise allora di trasferirsi a Londra insieme all'amica, per vedere come buttava, sempre alla ricerca di nuove esperienze, sempre più forti. I concerti erano il pretesto per fare amicizia, ma a lei interessava solo la droga. Finché riuscì a tenersi un lavoro decente e fare anche marchette, la sua fu una vita normale da sbandata, con amici e ragazzi che giravano a turno nel suo letto, ma poi si ridusse talmente male da farsi schifo da sola. Così aveva telefonato a suo fratello che l'aveva portata in una comunità. Lei non aveva la minima intenzione di smettere, ma solo darsi una sistemata. Si riprese e mise su anche un po' di fianchi che avevano attratto il suo Werner. Lui l'aveva fatta battere per un po', perché dopotutto quello era il suo lavoro, ma poi si affezionò a lei e, quando fece un salto di qualità, entrando nel giro di pasticche e roba simile, la portò con sé nelle discoteche come assistente. Più che altro gli serviva come prestanome, perché nonostante tutto era pulita, incensurata, mentre Werner aveva una fedina penale internazionale lunga come certi titoli di coda di film.

Marianne cercava di aiutare Fabio a sollevare Samuel, ma era solo una posa di buona volontà. I due coreani si tenevano stretti come due fratelli siamesi e non dicevano una parola. Joris si era messo a trafficare dietro al suo drone, bestemmiando cose indicibili contro la troietta americana handicappata.

L'unica ragione per la quale non le aveva dato una spinta da farla volare via era perché gli ricordava sua sorella Adele. Lei era l'unica che si preoccupasse per lui, forse perché era l'unico che si curasse di lei. La mamma era sempre stanca. Lavorava negli alberghi della zona. Diceva che anche di notte si sognava di rifare i letti. Quando era in casa delegava i figli a fare il più possibile, così Adele finiva per essere il barile che nessuno voleva scaricare. I bambini piccoli sono delle rotture, si sa. Così se ne occupava lui. Perché le voleva bene, perché Adele era diventata alla fine una delle sue creature fatate che abitavano la valle, e con lei pianificava grandi imprese. Passava ore a raccontarle storie nelle quali entrambi erano protagonisti. E lei si divertiva a volare con lui sopra le foreste di conifere, a rasentare le acque dei torrenti, a sfidare il buio delle grotte. Finché il volo di Adele si schiantò sotto un fiorino che non aveva rispettato lo stop.

Dopo la morte di sua sorella, Joris si fissò sulla passione per il volo. E il drone per lui era tutto, almeno finché non fosse riuscito a diventare un vero pilota di droni o a prendere il brevetto di volo. Volava anche solo con la mente. Si alzava e vagava col suo drone che si staccava dal mondo degli uomini per perdersi nel cielo. A lui bastava quello per sopportare l'idea di dover riprendere il posto di leader tra i ragazzi sbandati della valle.

Quel che vide Samuel là sopra fu solo una cortina di nebbia che non gli permetteva di distinguere la presenza massiccia del carrello, che però si muoveva davanti ai suoi occhi. Perché il carrello ondeggiava, ci avrebbe giurato. Ma Samuel non fece in tempo a percepire ciò che stava accadendo intorno a lui e non ebbe coscienza della reale portata della cosa. Forse ripercorse i momenti migliori della sua vita, quando alla fiera del paese si era innamorato della ragazza che riempiva i boccali di weizen insieme a lui; quando a Parigi, ancora in viaggio di nozze, sua moglie gli aveva rivelato in una brasserie dalle parti della Bastiglia di essere incinta del loro primo figlio; quando aveva vinto il primo premio in una gara di pesca nazionale per aver agganciato il pesce più grande, un luccio enorme, battendo così suo cognato che gli stava sulle palle perché vinceva sempre lui; quando il quarto figlio uscì dal coma per aver battuto la testa a causa di un tuffo in mare, a Minorca, cosa che sua moglie non gli perdonò mai, accusandolo di irresponsabile negligenza; quando suo cognato venne a chiedergli di aiutarlo per un posto nel cantiere della ditta dove lavorava lui, perché aveva perso l'attività; quando suo figlio Ioan si diplomò col massimo dei voti; quando la sua unica figlia Etta lo riportava a casa, se ci aveva dato troppo giù con i boccali di birra; quando i suoi figli gli sorridevano se lo incontravano per strada e la sua ex moglie gli rivolgeva ancora la parola senza essere sgarbata.

A lui sarebbe piaciuta un'altra femmina. Ci avrebbe anche provato se non fosse stato per sua moglie che di figli non ne aveva più voluti. In realtà non ne voleva sapere più di lui. Guardò Arlette. "Certo una figlia problematica come lei non è che uno se la augura, ma se ce l'hai te la tieni e le vuoi bene", pensò. La famiglia dovrebbe essere questo: occuparsi degli altri e volersi bene. Non occorre altro. Il padre della bambina aveva perso la corsa per portarle da bere. Per lui già questo semplice gesto era stata una bella prova di amore paterno. La sua ex moglie, quella Carol, forse lo stava maledicendo, ma per Samuel quell'uomo era un gran padre. Anche lui aveva cercato di esserlo con i suoi figli, e lo sarebbe stato ancora se glielo avessero permesso. Invece loro stavano con la madre, che ogni giorno li metteva contro il ricordo che avevano di lui, e loro non lo cercavano, anzi lo evitavano. Per lui, il loro atteggiamento di mal sopportazione era più doloroso di una coltellata. Alla fine era stato meglio non incontrarli per forza, perché così voleva la legge. Avrebbe aspettato, con la speranza che si sarebbero avvicinati da soli, magari con cautela, come fanno gli animali della savana quando si avvicinano alla pozza dell'acqua per dissetarsi. Intanto lui sarebbe rimasto ancorato alle sue montagne, che lo avevano salvato dalla disperazione più di tante medicine. Assistere al sorgere delle prime luci dell'alba sulla valle era rigenerante, come era appagante scorgere l'ultimo raggio di sole sul Matterhorn. Non aveva bisogno di altro. Aveva accettato con entusiasmo di fare il corso di aggiornamento per essere destinato a questo rivoluzionario impianto a tre funi e, da quando aveva iniziato, non gli passavano più per la testa certe idee, come invitare i suoi figli e farli precipitare insieme a lui sul ghiacciaio.

Nessuno si aspettava di vedere la torcia di Samuel roteare giù nell'abisso. Anzi, a dire il vero solo Luca dalla sua posizione se ne accorse e lo gridò subito agli altri. «La torcia, cazzo! Samuel ha lasciato cadere la torcia.» Ma Samuel in realtà aveva perso molto di più. Quelli che si mossero verso i finestroni per scorgere la torcia videro invece una colata di sangue che scendeva nell'esatto punto in cui era stata versata poco prima la loro orina. Il primo stupore si fuse con il successivo che generò tutto l'orrore possibile. Subito dopo infatti il corpo di Samuel precipitò dentro la cabina schizzando sangue ovunque. Un grido collettivo coprì lo strazio della visione di quel corpo senza testa, e ci volle parecchio tempo prima che qualcuno si decidesse a prendere in mano la situazione.

Fu Barbara a proporre di coprire il corpo, qualcuno doveva

farlo, e la sua occhiata a Luca fu abbastanza eloquente. Che prendesse pure quello che era servito a montare quell'assurdo separé per pisciare. Tutti avrebbero abbassato i livelli di pudore dopo quanto successo. Barbara pensò che quello sarebbe stato l'ultimo dei problemi, in fondo sarebbe bastato girarsi dall'altra parte, mentre di grave c'era che qualcosa aveva ucciso Samuel.

Cosa aveva causato la decapitazione del tecnico? Che tipo di malfunzionamento poteva averlo provocato? Forse uno dei cavi si era staccato recidendo di netto la testa di Samuel? Lei sapeva cosa accadeva a un cavo che si spezza. Si era dovuta documentare per descriverlo in un romanzo: il cavo al quale viene a mancare la forza di trazione rilascia tutta l'energia elastica e la libera in energia cinetica. Quindi il cavo parte come una biscia con una forza spaventosa e inarrestabile. Ma se si fosse spezzato uno dei tre cavi se ne sarebbero accorti di sicuro, mentre la cabina era sempre stata immobile, vibrazioni a parte. Più probabile che la causa fosse stato il distacco di uno dei fili della treccia che compongono il cavo stesso, ipotesi decisamente più realistica. O forse si era staccato con violenza qualche componente del carrello.

Altri aggiunsero ipotesi a quelle di Barbara. Joris suggerì che una pietra piatta poteva essersi staccata dal monte e aver colpito Samuel come un frisbee a gran velocità. Luca pensò a un fenomeno fisico anormale, come anormali erano stati gli eventi dei giorni precedenti. Nessuno di loro era né uno scienziato, né un tecnico e, perché il terrore non sfociasse in panico generale, ci sarebbe voluta un po' più di razionalità. Ma la razionalità in certe situazioni esiste solo sui libri.

Carol ora avrebbe voluto che Dario fosse lì con loro. Lui avrebbe trovato una spiegazione logica per quella assurda disgrazia. Le dava sui nervi anche per questo: Dario, l'uomo tutto di un pezzo, sputasentenze, che la faceva sentire stupida quando invitava i suoi amici a cena. E la irritava ancora di più quell'aria di innocenza nel suo modo di umiliarla come se non si rendesse conto quanto fosse stronzo. Adesso però Arlette avrebbe avuto bisogno di lui, e anche lei. Con buona probabilità lo immaginava laggiù a fare il diavolo a quattro, muovere tutte le sue conoscenze e urlare al telefono la sua preoccupazione. Perché lì c'era l'amore della sua vita, Arlette, che per fortuna aveva continuato a dormire e non si era accorta di nulla almeno fino agli urli di terrore. «Non è nulla tesoro» le aveva detto, «si è staccato un pannello dal soffitto.»

Arlette, nonostante le rassicurazioni e i modi affettuosi, era visibilmente spaventata, in parte per il brusco risveglio e in parte perché sapeva leggere gli sguardi e le emozioni degli altri passeggeri. «Dove è Dad?» cominciò a ripetere senza sosta, «Dove è il mio papà. Voglio il mio papà!» Carol non riusciva a calmarla, così si mossero a turno Marianne, Iris, Barbara e René per tentare di distoglierla da quel chiodo fisso. In qualche modo l'isteria della bambina era servita a svegliare di nuovo il gruppo. Gli unici che ancora non si erano riattivati erano i due coreani stretti l'uno all'altro, mentre recitavano forse delle preghiere nel loro idioma, e Maria vittima di un tremito convulso che le faceva scuotere a tratti la testa. Joris avrebbe voluto confortarla, ma non era di certo il tipo di confessore di cui lei avrebbe avuto bisogno in quel momento. Anche il maldestro tentativo di posarle una mano sulla spalla esordì solo una spinta che lo fece andare a cadere vicino al cadavere di Samuel. «Cazzo!» gridò e si rintanò sul lato opposto, proprio accanto a Carol e Arlette.

La bambina non gli staccava gli occhi di dosso. Joris era terrorizzato, ma non voleva farlo vedere, e men che mai si sarebbe messo a piangere come una femminuccia. Infilò le dita in quel delirio di capelli rossi e puntò i gomiti sulle ginocchia, ripiegato su se stesso, nell'illusione di trovare riparo. Se lui fosse stato come i suoi eroi adesso avrebbe saputo cosa fare. Il suo personaggio preferito avrebbe agito da solo. Sarebbe salito sul tetto e sarebbe sceso a mani nude lungo uno dei cavi o sarebbe balzato fuori, aggrappandosi a una fune calata dall'elicottero. Il rombo dell'elicottero si stava facendo sempre più udibile. C'era davvero qualcuno che stava venendo a salvarli. L'interesse prese il sopravvento sullo sgomento. Lui era in grado di riconoscere il tipo di elicottero. Sapeva tutto, lui. Avrebbe giurato fosse un Leonardo HH139B, una figata di ultima generazione. Gli pareva di udire il rumore delle pale del rotore principale, ma anche il rotore di coda, quello che serviva a controllare l'imbardata. Scattò in piedi, eccitato. Si spostò per seguire la direzione di quel rumore. Con la felpa tolse la condensa per avere visibilità. Anche altri gli furono dietro, rapidi.

La sagoma dell'elicottero comparve chiara a pochi metri più in basso. All'interno si distingueva il pilota. Dal portello aperto qualcuno stava facendo dei gesti di saluto, come se per farsi notare occorresse sbracciarsi a quel modo. Che cosa avrebbero fatto per loro? Un trasbordo era improbabile. Sarebbero dovuti salire sopra la cabina per farsi imbragare, ma per farlo il pilota avrebbe dovuto portare l'elicottero più in alto dentro alla nuvola, perdendo la visibilità. Forse stavano solo studiando la situazione. Il mezzo si appaiò alla cabina e all'interno tutti urlarono grida di aiuto e di disperazione. Quindi si alzò verso l'alto, e in quel preciso momento le luci si spensero. Anche l'elicottero era rimasto al buio. Joris allora percepì dei rumori famigliari, non per esperienza diretta, ma per tutti i documentari e le simulazioni di volo che aveva visto in merito: l'elicottero stava scendendo con il motore spento. In altre parole stava precipitando.

Quando le rocce sottostanti si illuminarono di un bagliore di fuoco, seguito da un rimbombo agghiacciante, Joris gridò: «Noooooooo!» con tutta la voce che aveva, facendosi schizzare fuori le vene del collo, ma la sua voce restò indistinta nel grido generale. E il buio durò ancora a lungo.

Persino i coreani si erano affrettati a vedere quello che stava accadendo. Nel buio totale le voci tesero a smorzarsi, e anche loro due ripresero la posizione di prima, rinserrandosi nella paura. Il freddo si faceva sentire. Poi i fari, che ricordavano quelli dell'antiaerea, riportarono un po' di luce. Marianne trovò calore tra le braccia di Fabio. Barbara chiese a Iris, che stava tremando scossa dai brividi, se potesse abbracciarla. Avrebbero avuto ancora tante cose da dirsi.

Un'altra luce si fece notare nella cabina accompagnata da vibrazioni. Era il cellulare tra le mani di Carol, un messaggio di Dario: «Coraggio, vi tireremo giù di lassù. Promesso.» Vi tireremo giù non era proprio quello che si sarebbe voluta sentir dire. Provò ad attivare la chiamata. Il cellulare aveva ripreso a funzionare e prendeva. Dario rispose, tuttavia la voce era così distorta che non si capiva nulla. Sperò che almeno lui la sentisse. «Pronto. Se mi senti... Dario, qui siamo disperati. Arlette sta bene, ma uno di noi è morto. Fate presto. Presto.» Dubitava che Dario avesse sentito le sue parole, ma avrebbe continuato a sperare di ricevere almeno dei messaggi. Anche lei provò a inviarne, ma il cellulare li respingeva al mittente. Carol era l'unica ad avere ancora il cellulare carico. Lei era previdente da vera Vergine, così non viaggiava mai senza una power bank. Purtroppo anche la carica addizionale si stava esaurendo. Forse avrebbe dovuto risparmiarla per un secondo momento, ma proprio non se la sentiva di spengerlo.

Arlette la tolse dai dubbi: «Mom, posso giocare?»

Sua figlia intendeva un giochino in dotazione al cellulare, una specie di Angry Birds ma con degli orsetti colorati. «Certo cucciola, ecco tieni!» Nulla sarebbe stato paragonabile al rendere felice anche solo per pochi minuti sua figlia, a costo di sprecare in fretta tutta l'energia residua della power bank. Arlette si illuminò di fronte ai suoi orsetti, tanto che a vederla si stava comportando come una qualunque bambina millennial, abituata a mangiare pane e videogiochi.

«Perché non ci hai detto che il tuo cellulare funzionava ancora?» Luca si avvicinò e la sua voce conteneva una punta di acredine tale da risultare minacciosa.

«Non credevo di dover rendere conto a te. Samuel lo sapeva.» Carol era infastidita da quell'atteggiamento. Chi si credeva di essere quel giovane Narciso arrogante? Credeva forse di avere a che fare con una delle oche che avranno sbavato dietro ai suoi riccioli biondi? Per una che si era fatta le ossa tra colleghi maschi e aveva dovuto confrontarsi con iene ben peggiori, i denti affilati di Luca erano stuzzicadenti. Li avrebbe spezzati con facilità.

«Dammi subito quel coso!» le impose Luca, allungando una mano verso Arlette.

«Non ci provare.» Carol si preparò ad affrontarlo anche fisicamente, se fosse stato necessario. Quando Luca tentò di togliere il cellulare dalle mani di Arlette, si trovò di fronte alla resistenza della bambina che non mollava la presa e che urlò come indemoniata. Carol allora gli afferrò il collo dal di dietro, facendo leva per togliergli il respiro e allontanarlo da lì. Luca però le diede una gomitata nelle costole e si girò, infierendo ancora con uno schiaffo violento. A quel punto Luca si prese un pugno in pieno viso. Atterrò ai piedi di Iris e Barbara, frastornato. «Mi hai rotto il naso, stronzo!» lamentava. Il sangue gli usciva in tale quantità da dover abbandonare ogni questione, almeno per il momento. Lui era ricco, lui era uno che contava. Non si sarebbe fatto trattare come uno qualunque.

Aveva un'organizzazione alle spalle, gente che non fiatava e obbediva. Con i soldi puoi fare anche questo: controllare le persone. E lui lo faceva, ma per uno scopo superiore. Il vecchio *noblesse oblige*, tradotto in epoca capitalistica, portava gente come lui ad assumersi delle responsabilità. Non poteva certo farsi carico del mondo. Per quello c'era già la sua famiglia con la produzione di armamenti bellici. Però poteva combattere per un ideale. Ne aveva scelto uno a portata di mano: la conservazione dell'ambiente alpino da difendere contro ogni tipo di speculazione. La facilità di fornirsi di certi attrezzi di casa, poteva essere un vantaggio. I suoi lo sapevano che gli piaceva far saltare i tralicci dell'alta tensione, ma facevano finta di non sapere. Suo padre era solo seccato che non crescesse e non mettesse la testa a posto per lavorare in azienda, invece di perdersi dietro a delle ragazzate. La madre lo scusava apertamente, perché era un ragazzo buono e generoso che si impegnava per il bene degli altri, ed era guidato in questo dai suoi sani principi cristiani.

Lo aveva educato secondo le rigide regole calviniste, anche se era stato battezzato cattolico come il padre. Con lui era stata una mamma dolcissima e comprensiva al punto di non negargli nulla, a patto che non trasgredisse sulle regole della dottrina. E lui aveva capito presto che con una confessione e una comunione avrebbe potuto conquistare il mondo. Così era cresciuto con la consapevolezza che Parigi val bene una messa, ma non da ipocrita, lui ci credeva davvero.

«Ti senti bene?» chiese Fabio ad Arlette. Lei contraccambiò accennando un sorriso. «E tu?» rivolgendosi a Carol.

«Grazie, sto bene. Mi è mancato il respiro, ma non credo mi abbia rotto delle costole» rispose, più furibonda che sconvolta. La sua immagine da dura non era stata avvilita da quanto appena successo. Se le sue amiche di N.Y. l'avessero vista, avrebbero prima applaudito e poi l'avrebbero invitata a bere un drink. «Cazzone!» Ora che aveva anche una specie di guardia del corpo si permise di dare un leggero calcio alla suola della Nike di Luca.

Dopo alcuni minuti i pannelli a led tornarono a illuminarsi. Si levò un'espressione generale di stupore, mista a timore che ricordò a Carol le esclamazioni degli astanti di fronte al primo fuoco d'artificio della serata, lungo l'East River. Nel buio qualcuno si era servito della *toilette*, ma i contenitori nel trambusto si erano in parte svuotati e impronte di scarpe avevano sparso ovunque l'orina e soprattutto il suo afrore di ammoniaca. Persino Maria dovette alzarsi e sedersi su uno dei sedili di alcantara, una sciccheria distante anni luce dal pavimento ormai lurido. Sinora era sembrata così sofferente per la crisi d'astinenza da restare estranea a tutto quello che succedeva lì dentro, ma non appena ebbe modo di perlustrare il pavimento con gli occhi, a convincerla a spostarsi doveva essere stata proprio la colatura di orina che aveva investito la salma senza testa di Samuel.

Non che Maria fosse una schizzinosa. Ricordava perfettamente dove aveva alloggiato in giro per il mondo: stanze putride di edifici abbandonati, sottoscala e sottopassaggi, case di cartone e cenci mefitici, più profumati se vi dormivano con lei i cani dei suoi amici del momento. Aveva sul corpo i segni lasciati dai parassiti umani e a volte anche quelli delle pulci dei cani. I ponfi e le infezioni intorno ai buchi, oltre ai tagli delle botte, l'avevano costretta più volte a ricorrere al pronto soccorso. Ma solo come ultima risorsa. Il suo corpo era stato abusato in ogni singola parte. Era stata scopata da chiunque fosse di stomaco buono, fosse capace di lasciare i sensi a casa e facesse agire solo il sesso. Poi era arrivato Werner, col cavallo bianco, l'occhio ceruleo e la piuma sul cappello, ed era stata salvata dai draghi cattivi. Con Werner lei faceva la signora, e con lui c'erano solo draghi buoni. "Chissà se è in pena per me?" pensò. "Le dosi del negozio ce le ho io, perciò sì, mi starà pensando, che gli piaccia o no. Non ho toccato la merce. Non mi sono fatta. Come potrei di fronte a tutti. Magari potrei sfregarne un po' sulle gengive. Lui mi ama. Capirebbe. Mi punisce, è vero, se sbaglio, come quando mi ha deviato il seno nasale, ma allora me lo sono meritato. Questa è un'emergenza. Un'emergenza." Propose a se stessa di cercare nel doppiofondo del thermos una bustina, solo una, per una vera emergenza. Ma il thermos l'aveva dovuto dare per forza a Luca che l'aveva vista bere e, che stupida, anche finire il contenuto, caffè tedesco, schifoso come piscio. E ora era davvero colmo di piscio, nell'angolo latrina. Avrebbe trovato il modo. Avrebbe colto l'occasione al volo quando si fosse presentata. Intanto avrebbe tenuto gli occhi aperti. Questa, appena cominciata, sarebbe stata una lunga notte.

3.

Il freddo intenso spense la voglia di parlare. La logica avrebbe suggerito di stare il più possibile vicini per non disperdere calore. Purtroppo nessuno si sentiva di farlo sul pavimento che era ormai lordato di schifezze. Qualcuno si accordò per un contatto con un partner di fiducia. Così Barbara e Iris si misero abbracciate nella scomoda posizione che i sedili permettevano loro. Lo stesso fecero i coreani, Fabio e Marianne. Maria e Luca si annusarono a lungo prima di decidersi. Maria doveva scegliere tra Luca e Joris, ma quest'ultimo puzzava di ormoni e di docce arretrate. Lei di odori mefitici ne aveva sperimentati un vasto campionario, ma questo non l'aveva resa immune da certe cose, anzi il suo naso, con tutto quello che ci aveva infilato, sembrava essere diventato ancora più sensibile. Prima che Joris si facesse avanti, e per non deluderlo, fece lei la proposta a Luca, che accettò indifferente. Joris si mise tra loro e i coreani. Ritirò la testa e il collo nella felpa. Sparì dentro il cappuccio come una grossa tartaruga delle Galapagos. René sembrava aver simpatizzato con Carol e Arlette che, con una mossa repentina inaspettata, gli aveva regalato un wafer. Risolsero quindi di stare a contatto con Arlette nel mezzo, alla quale lui avrebbe dato la schiena. Nel silenzio le luci da contraerea evocavano una guerra di nervi contro il tempo, e là fuori l'aria era attraversata da rumori indistinti come pompe di petrolio inarrestabili.

La nebbiolina scese sopra le loro teste e nessuno se ne rese conto. Joris stava sognando. Si trovava con gli amici alla pozza grande del fiume, dove l'acqua è sempre gelida. Loro si divertivano a chi resistesse di più a star sotto sino al collo. Lui vinceva quasi sempre, e gli altri dicevano che era perché aveva il grasso di un tricheco. A lui non importava cosa pensassero. L'importante era vincere e poi, se ne prendeva uno, gli avvolgeva il collo con il braccio e lo faceva stare sotto finché non aveva bevuto. Ma questa volta c'era qualcosa che non filava nel modo giusto: non ce la faceva a uscire dall'acqua. Era inchiodato lì e non riusciva a muovere neppure un muscolo. Cercava di sgranare gli occhi in cerca di aiuto, perché la voce non ne voleva sapere di uscire. Alla fine i suoi compagni forse compresero la situazione, perché sporsero verso di lui delle ramaglie di salice piangente. Gridavano di afferrarle. Lui non ci riusciva. Le foglie del salice gli ondeggiavano intorno, si scuotevano. Lui non voleva che gli sfiorassero il viso. Gli facevano ribrezzo. Con una dissolvenza sul presente i suoi pensieri focalizzarono meglio quei rami.

Dal soffitto erano scesi, attraverso la botola, dei filamenti biancastri che fluttuavano simili alle attinie, quando sono mosse dalla risacca del mare. Con un diametro di sottili tentacoli, apparivano come capelli traslucidi. Tra quando Joris si svegliò a quando i due furono risucchiati verso l'alto da una forza illimitata, passò forse una frazione di tempo, sufficiente però a registrare e fotografare la scena. Gli altri furono tutti svegliati dal trambusto. Un vortice si era infilato nella cabina e lo spostamento d'aria li aveva scossi, ma era avvenuto tutto troppo rapidamente, per comprendere davvero che cosa fosse successo. Joris tremava ora per il freddo interiore della paura. Un po' balbettando e un po' a gesti riferì come i due coreani fossero stati afferrati dai filamenti che spuntavano dalla nebbiolina e fossero spariti con la velocità con cui un prestigiatore fa scomparire gli oggetti. La nebbia era ancora lì, una massa in movimento, la replica di quella che si vedeva al di fuori della cabina. Ma di fili e tentacoli non c'era traccia. Luca usò una delle racchette di Iris per indagare la consistenza di quel fluido.

Sforzarsi di capire era difficile almeno quanto riconoscere la credibilità del racconto di Joris. I coreani però non erano al loro posto e, se non fosse stato per la macchina fotografica che piombò tra loro tutt'a un tratto, potevano non essere mai esistiti.

«Calmati, ora calmati» ripeté più volte Iris a Maria che singhiozzava tra le sue braccia. Per qualche minuto le sue urla, da una fuori di testa, avevano riempito la cabina e spostato per qualche attimo l'attenzione su di lei. Carol teneva stretta Arlette e si chiedeva se i soccorritori potessero aver udito qualcosa. Certo che no. Il ronzio di fondo e lo spessore delle pareti di vetro termico non lo avrebbero permesso, neppure se fossero stati a pochi metri.

«Che cosa sta succedendo, adesso?» René si spostava da un sedile all'altro, tenendosi la testa. Era il più alto di tutti. Temeva che alzandosi in piedi sarebbe stato anche lui risucchiato da quella sostanza opaca.

«Moriremo tutti!» gridava Maria.

«Il panico non ci aiuterà a reagire, se ce ne sarà bisogno.»

Fabio era pallido e terrorizzato, come tutti, ma si sforzò di far girare per il verso giusto i suoi ormoni da leader. «Stiamo tutti vicini il più possibile, e soprattutto cerchiamo di chiarire che cosa ci stia capitando. Prima il tecnico, adesso questa coppia. Ci dev'essere una relazione tra tutto questo e la nuvola che è sopra di noi!»

«E non dimenticare le variazioni di magnetismo e i fenomeni dei giorni scorsi» aggiunse Carol.

«È una maledizione, c'è il male lassù!» Maria aveva ripreso ad agitarsi ormai in preda a una vera e propria crisi di astinenza. Carol frugò dentro alla borsa, dove trovò delle pastiglie che le infilò in bocca, tenendole ferma la mandibola come quando si vuole fare ingoiare le medicine ai cani. «Per fortuna viaggio sempre con una farmacia. Campioncini che mi ritrovo un po' ovunque». Essere psichiatra e psicologa comportamentista non la rendeva perfetta in automatico. Tuttavia il suo disordine congenito adesso aveva fatto comodo. C'era sempre un perché per ogni cosa.

«Se scartiamo il Male,» disse, «perché a certe cazzate io non credo, che cosa ci resta? È credibile che una forza, come quella che ha fatto sollevare automobili e altri oggetti pesanti, possa essere la causa di tutto questo. Due persone risucchiate verso l'alto. Ma perché loro due e non gli altri? E perché due, una coppia?»

«Loro erano stretti l'uno all'altro, quindi, se una forza si è concentrata in un punto ristretto, è possibile che possa essersi esercitata su entrambi.» Barbara voleva essere razionale. «Che ne sarà di loro? Forse dovremmo fare qualcosa per aiutarli, cercare di capire cosa succede là sopra.»

La cortina di nebbia si era pian piano ritirata e la botola, tornata visibile, lasciava intravvedere un buio insondabile oltre quel riquadro. Se Barbara aveva voluto intendere che qualcuno si sarebbe dovuto fare avanti per mettere la testa là fuori, si stava sbagliando della grossa. "Perché non ci va lei?" pensò Luca. Di sicuro lui non voleva neppure starci sotto a quel maledetto buco sul soffitto.

«Maria ha ragione. C'è qualcosa che fa del male lassù e se non è il Male non ha comunque buone intenzioni con noi, vi pare? Se il Signore avesse deciso di iniziare in questo modo l'Apocalisse? Perché no, da qualche parte dovrà pure cominciare? È scritto: «*Ecco, io verrò presto e porterò con me il mio salario, per rendere a ciascuno secondo le sue opere.*» Forse siamo stati scelti per essere i primi o forse dovunque sta accadendo la stessa cosa e noi non lo sappiamo. Magari la confusione che sentiamo venire dalla valle è solo l'eco della giustizia divina.»

«Stai dicendo delle gran cazzate Luca» disse Fabio. «Smettila, spaventi la bambina. Ci dev'essere ben altro che un dio sdegnato sopra di noi. E poi tu sarai anche un peccatore da mandare all'Inferno, ma parla per te.»

Fabio non era l'unico a stupirsi dell'uscita di Luca, passato in un attimo da bel ragazzo con un probabile disturbo narcisistico di personalità a invasato predicatore della fine del mondo.

«Non avrebbero dovuto esserci prima catastrofi, guerre, terremoti e carestie? A me non pare si stesse tanto male prima di questa assurdità.» A parlare era René, che sembrava essersi risvegliato dal suo torpore. «Sì, d'accordo, mi potrai dire che ce ne sono stati di recenti, ma sono una costante come la guerra. Niente di così sconvolgente da pensare che Gesù squarcerà i cieli e griderà «*adesso facciamo i conti*». Io la penso come Barbara. Qualsiasi cosa stia succedendo è reale e ha una spiegazione razionale, e deve essere affrontata e combattuta, altrimenti che senso avrebbero tutti questi elicotteri da guerra che ci stanno ronzando attorno?»

«Allora che cosa credi che sia?» chiese Carol, senza neppure voltarsi verso di lui.

«Se non si tratta di Godzilla che si è risvegliato, allora il nemico viene da un altro mondo», disse René.

«Alieni.» Carol negava con la testa la sua stessa affermazione. Non poteva essersi svegliata presto quella mattina per accontentare il suo ex marito e trovarsi dopo qualche ora con degli extraterrestri sulla testa. Si sarebbe rifiutata di crederlo, persino se si fossero affacciati da quell'apertura omini verdi con le antenne. Ne andava della sua integrità mentale. Lei dopotutto era l'esperta. Lei lo sapeva che nelle situazioni limite i comportamenti disturbati spuntano come funghi nelle menti, straniate dai loro parametri consueti. Lei non sarebbe impazzita. Presto qualcuno sarebbe venuto a metterli in salvo. Dario non avrebbe lasciato morire sua figlia.

Per un tempo infinito, che in realtà avrebbe potuto essere al massimo un'ora, non accadde nulla di nuovo. Nulla che facesse saltare a tutti i nervi già tesi come corde di violino.

Arlette era l'unica presenza in movimento all'interno della cabina. Giocava con un oggetto immaginario che faceva scorrere lungo i bordi delle vetrate, forse una macchinina. Sennonché ad Arlette di solito non piaceva giocare con le automobiline, come fanno i maschi. Qualunque cosa fosse, tuttavia, doveva essere ribelle e disobbediente perché Arlette doveva riacciuffarla di continuo e riportarla lungo il bordo. Intanto Carol e René si erano avvicinati tra loro ancora di più sotto la giacca a vento di lui, stesa come una coperta.

Alle loro spalle il vetro mostrava colature di tonalità diverse che si sommavano sino a formare una parete opaca, densa, di materiale organico che sobbolliva con estrema lentezza. La visibilità era quindi nulla per circa la metà del perimetro. Dall'altra parte si poteva vedere ancora il fondovalle, ma da quella parte in alto c'era il buco, lasciato dal pannello, e nessuno aveva voglia di sfidare la sorte andando là sotto. Il buio si poteva sentire anche senza guardarvi dentro e, cosa non meno inquietante, da quel buco non arrivavano più quegli spifferi violenti come in un primo momento.

Nessuno si accorse, neppure la madre, che Arlette si era messa proprio sotto l'apertura del soffitto e stava contemplando quello che vedeva. La bambina ruotava con giri lenti su se stessa per poi accelerare sempre di più, sino a fermarsi di colpo, come fanno di solito i bambini che si divertono a vedere il mondo impazzire intorno a loro. Una mano le fece interrompere il gioco. Arlette esplose in una risata irrefrenabile. Rideva di gusto.

Marianne la consegnò a Carol con un mezzo sorriso. Arlette fu di nuovo sistemata sotto una parte di giacca a vento. Lei però non aveva sonno. Aveva quasi sempre dormito e adesso voleva giocare. C'era qualcuno che voleva giocare con lei. Perché la mamma e gli altri non la lasciavano divertirsi in santa pace? Si appoggiò alla spalla di Carol. Si mise a mordicchiare il pollice, ultimo retaggio del dito succhiato che le avevano proibito. Anche quello. Ma poi qualcosa attirò la sua attenzione come un incantesimo: una pallina bianca e rossa stava scendendo indolente lungo il vetro, cambiando ogni tanto direzione. Fino a che la pallina non cominciò a fissare Arlette. Lei fece altrettanto, rapita dal cerchio marrone con al centro una pupilla dilatata. L'ennesimo grido ruppe l'incantesimo. Anche Maria aveva visto quell'occhio e ben presto anche tutti gli altri. Fecero a turno a indicare schifati altri particolari che man mano si distinguevano nella schiuma: capelli, grumi di sangue rappreso, muco e lembi di pelle.

«Moriremo tutti, tutti!» Tornò a urlare Maria e le grida, i lamenti, le preghiere, riempirono di nuovo la cabina di suoni, come un ritorno acustico molesto. «Non voglio morire!» gridava Maria, mentre Luca le mostrava la croce di oro rosso che teneva appesa a una catena, talmente grossa da apparire inopportuna. Una catena da magnaccio portoricano, da scaricatore di porto, in acceso contrasto con la lineare semplicità della croce. Luca pregava, avendo ormai abbandonato ogni pudore nel mostrare il suo lato oscuro di cristiano impenitente, praticante e bigotto.

Le preghiere però non servivano a rassicurare la ragazza.

«Basta, smettila Maria, non fare così, finirai per attirare ancora di più il Male. Lo sai che l'odore della paura lo attira come i moscerini con la frutta. Pentiti Maria. Prega con me. Non facciamoci cogliere impreparati.» Luca tremava e la voce gli veniva meno. Era in pieno delirio ossessivo. La persona meno adatta a stare accanto a Maria, ma anche la sola con cui avesse simpatizzato sinora. Il diavolo e l'acqua santa. «Pentiti Maria. Pentiti dei tuoi peccati e forse saremo perdonati quando Lui ci chiamerà a sé.»

Se non fosse stato per la situazione aberrante, Maria avrebbe trovato persino divertente un ragazzo strambo come Luca, ma nel caso specifico uno così poteva diventare destabilizzante per la sicurezza degli altri. Ne aveva conosciuti di tipi strani. Gente che per scopare doveva travestirsi e inscenare mimiche pazzesche, sceneggiate da urlo. C'erano stati anche falsi preti o forse preti autentici, ma a lei non importava nulla, assecondava tutto e tutti. Per lei era lavoro, lavoro e basta.

«Adesso smettila!» gli gridò in faccia Fabio afferrandolo per la felpa e portandolo alla sua altezza d'occhi. «Devi comportarti da persona normale. Aver scoperto che sei un fanatico religioso è anche tollerabile, ma non lo è se ti comporti come la reincarnazione di un frate domenicano vendicativo o di un gesuita sanguinario. Mi stai ascoltando?»

«Sì, sì.» Luca si era lasciato andare a un tremito convulso e adesso piangeva, senza ritegno. Per confonderlo o soltanto distrarlo, Fabio lo invitò a confessare pubblicamente i suoi peccati.

Dietro al falso perbenismo di certe persone ci si può aspettare di tutto e Luca, all'apparenza, poteva essere tipo da orgette e qualche stupro, forse qualche viaggio da pedofilo in Thailandia, ma non quello che Fabio e gli altri gli sentirono raccontare.

Prima ci furono parole e singhiozzi, poi frasi spente come la notte là fuori. Luca confessò di essere responsabile degli atti di vandalismo contro gli impianti di risalita nelle stazioni sciistiche di tutto l'arco alpino che, secondo la sua organizzazione, erano rei di portare il turismo di massa a un punto di non ritorno per gli habitat naturali.

Il gruppo era rimasto basito e imbarazzato. La dinamite per fare saltare i tralicci era qualcosa che andava oltre gli atti vandalici. Si era trattato piuttosto di atti di ecoterrorismo. Con tutti i testimoni presenti ad ascoltare le sue parole, una volta rimessi i piedi a terra, Luca si sarebbe dovuto adattare a convivere con gli spazi ristretti di qualche cella, sempre che fossero usciti vivi da quella situazione.

A lui non interessava più nulla, né i suoi ideali, né le montagne, né i ghiacciai in agonia, né le foreste depredate, né l'estinzione delle specie che abitavano quegli spazi. A lui ora interessava solo la sua anima. Nella sua testa c'era spazio solo per quello. Il suo istinto gli diceva che la fine del mondo, o quantomeno della sua esistenza, era vicina.

Il nodo da samurai si era sciolto e i capelli gli restavano appesi come rami di un albero, potati da mani inesperte. Le occhiaie si erano scurite e anche le borse sotto gli occhi, mentre il look bianco immacolato aveva perso la sua verginità. Si passava nervoso le mani tra i capelli, lordandoli ancora di più di quel miscuglio di liquami che ormai la cabina essudava un po' dappertutto. Se si fosse guardato allo specchio forse Luca avrebbe scorto l'immagine del Cristo, quello che avrebbe pareggiato i conti con lui, alla fine. Ma forse i conti lui li avrebbe fatti solo con se stesso. Nella sofferenza del Cristo sul Golgota avrebbe ritrovato un godimento estetico mai sperimentato prima. Nel dolore Luca avrebbe potuto sentirsi, ancora di più del solito, bello e affascinante.

4.

Iris tirò fuori dalla giacca a vento uno di quei piccoli succhi di frutta confezionati nel Tetra Pak, con la cannuccia incollata da una parte. Se l'era tenuto da parte per quando non ce l'avesse fatta più dalla sete. Le era sembrato un piccolo atto di egoismo accettabile. In fondo si trattava di una piccola cosa, insignificante nell'insieme di liquidi e cibo da razionare. Di fronte alle continue richieste di Arlette a sua madre però, lei non ce l'aveva fatta a far finta di niente. Non se lo sarebbe mai perdonato. Di fronte all'ultima spiaggia l'istinto di conservazione fa diventare le persone inumane, ma lei non si sentiva ancora una bestia. "Dio mio non moriremo di sete e di fame. Sarà già tutto finito per allora... nel bene o nel male", pensò nell'istante in cui offriva ad Arlette il succo con la cannuccia già innestata. La bambina guardò altrove e aspettò che sua madre glielo porgesse.

«Grazie Iris, sei un angelo.»

«Spero solo di non diventarlo presto, un angelo. Siamo già sospesi nel vuoto a chissà quanti metri d'altezza. Lo siamo già un po', angeli, non ti pare?» L'ultima frase la rivolse ad Arlette, la quale rimase girata di spalle a contemplare una qualche schifezza di quel muco informe che si rimescolava dietro al vetro. Carol fu tanto carina da non farle notare che in realtà tesaurizzare qualcosa di cui tutti avevano tanto bisogno in quel momento, significava essere una persona ignobile. In fondo però si era riscattata, no? Magari in extremis, però alla fine si era redenta. Forse non pensava neppure di avercelo quel succo di frutta. Persino Luca l'avrebbe assolta, o forse no. Con più probabilità l'avrebbe infamata e avrebbe fatto una scenata, magari proprio adesso che sembrava essersi calmato.

Iris aveva tanto desiderato dei figli. Ma non erano venuti. La menopausa le aveva tolto anche le speranze, e ora avrebbe fatto qualsiasi cosa per saltare le tappe e ritrovarsi almeno nonna. Il suo ex marito sarebbe stato circondato di nipotini e lei nulla. Forse anche per loro sarebbe stata la zia Iris per una tacita intesa. Quella famiglia l'avrebbe sempre accolta con calore, ma avrebbe sempre sentito il disagio di chi deve entrare dalla porta di servizio.

Quanto tempo ancora sarebbero stati in grado di contrastare la sete senza risentirne nel fisico? Fabio sistemò meglio i contenitori con l'urina per evitare che se ne rovesciassero altri sul fondo trasparente. La sporcizia e il calpestio impediva ormai di distinguere che cosa stesse accadendo in basso, sul ghiacciaio. Fabio studiò come ripulire alla bell'e meglio. Chiese aiuto a René. Luca era assorto, con gli occhi di fuori da pazzo, e Joris aveva vomitato sotto un sedile, aggiungendo schifo a schifo. Fuori gioco anche lui dunque.

Bisognava soprattutto impedire di sciabordare le scarpe in quel fetore, perché il disagio assoluto avrebbe acuito il loro senso di impotenza. Li avrebbe annichiliti. Avrebbero invocato la fine, forse qualcuno di loro avrebbe pensato al suicidio. Come se l'odore non fosse sufficiente a voler fuggire da lì, a liberarsi del peso di tanta oppressione. Il fetore sarebbe rimasto comunque a sovrastare tutto e tutti.

Tre giorni e poi i primi segni della disidratazione. Avrebbero resistito di più, ancora qualche giorno, prima di morire. Previsioni insensate. Non sarebbero rimasti tanto a lungo lì dentro.

Intanto sarebbero morti prima per ipotermia, a meno che non

ci fosse stato un rialzo della temperatura con il sorgere del sole. Anche a quello comunque Fabio aveva pensato. Forse se avessero bruciato tutto quello che c'era da bruciare, a parte il vestiario, e lasciato che i fumi, di sicuro velenosi, uscissero dalla botola del soffitto, avrebbero magari sopportato meglio quel gelo che era entrato sin nelle ossa. Lui credeva di essere una specie di uomo delle nevi perché era nato in Alaska, dove suo padre aveva trovato un impiego da dirigente in un'organizzazione che estraeva petrolio dal fondo dell'oceano con enormi piattaforme. Il freddo non gli aveva mai fatto paura. Era il suo habitat. Neppure adesso lo temeva, ma quel freddo era diverso da tutti gli altri. Il gelo si fissava nel corpo servendosi del sistema nervoso, riduceva i movimenti, paralizzava la voglia di reagire. Era un gelo che proveniva dall'interno.

C'era solo una cosa da fare: se fosse sopraggiunta la disperazione, si sarebbero bevuti le proprie orine. E lì il cervello gli si impigliò in qualcosa e si rifiutò di proseguire. Sinora avevano usato tutto in modo promiscuo. Come avrebbero risparmiato i propri liquidi? Anche se si fossero liberati delle vecchie *scorte*, ammesso che qualcuno si fosse offerto per salire lassù a svuotare i contenitori, poi non si sarebbero potuti sciacquare, lavare neanche in modo sommario, per illudersi di usare quel minimo di igiene come unico discrimine rimasto per sentirsi ancora esseri umani.

Il primo ad accorgersi della cosa fu René. Non riusciva a staccare lo sguardo da Arlette. Allungò una mano verso Carol, facendole dei segni con qualche esitazione. Anche lei restò a bocca aperta. A seguire, uno dopo l'altro, gli altri passeggeri guardarono da quella parte.

Arlette era ancora ipnotizzata dalla massa di liquami che

percolavano tra un mare di bolle lungo il vetro, ma questa volta le sue dita disegnavano dei tratti invisibili lungo la parete, spire, volute, cerchi e linee: un tratteggio creativo, da artista. Ma non era questo che aveva lasciato senza parole Carol e gli altri. All'esterno la massa si ritirava al passaggio delle dita di Arlette e reagiva al suo contatto. Alla fine ne restava una composizione astratta che pareva avere una qualche ragione estetica, nonostante il ribrezzo della materia.

Carol aveva visto cose del genere solo nei musei di arte moderna. Astrattismo, ecco come l'avrebbe definito, ma cos'altro? Che cosa aveva disegnato sua figlia? Lasciò perdere per il momento come ci fosse riuscita, giusto per non impazzire. Non avrebbe saputo dare spiegazioni. Non ci aveva mai capito nulla con i contemporanei e le loro avanguardie. Incontrò lo sguardo di Barbara, che sembrava tra loro la più acculturata, ma anche lei non meno confusa. Oscillò con la testa in segno di risposta.

A nessuno venne in mente di copiare quel disegno. D'istinto si sarebbero affidati alla fotocamera del cellulare o alla macchina fotografica digitale, ma gli apparecchi elettronici erano inutilizzabili o scarichi. Così la composizione di linee scomparve, presto inghiottita dalla schiuma in movimento.

«C'è una spiegazione per questo?» Carol singhiozzava. Aveva abbracciato sua figlia e la teneva stretta, quasi cullandola.

«Non credo ci siano più dubbi sul fatto che c'è qualcosa là fuori che reagisce agli stimoli.» Barbara ruppe il silenzio per prima. «Non sappiamo cosa sia, ma se ancora non vogliamo credere agli alieni, perché ci rifiutiamo di pensare che un ufo abbia preso di mira proprio noi, dobbiamo almeno accettare che si tratti di qualcosa di non umano.»

Quasi tutti annuivano. Luca invece negava.

«E se non fosse qualcosa venuto dallo Spazio, ma fosse qualcosa che era già tra noi? Non credete anche voi che forze dell'oscurità possano manifestarsi ogni tanto? Se avete fede sapete che non c'è solo il Bene, ma anche il suo opposto. E se questa cosa, così irrazionale da non considerarla neppure parte della vita, tanto da relegarla nell'aldilà, cioè nel regno dei morti, nella realtà ipotetica di cui non sappiamo nulla..., se questa cosa invece avesse deciso di mostrarsi anche nelle nostre vite? Chi potrebbe impedirglielo?»

«Dio. Sempre che ci sia un dio» rispose Barbara. «Il male esiste anche senza il tuo dio, questo è certo. Il male è la sofferenza, e la sofferenza la trovi anche nel pensiero scientifico, integrata in un sistema inflessibile. Si soffre e si muore perché altri possano beneficiarne. Non so che cosa ci sia sopra alle nostre teste, ma ho idea che non sia né un dio buono né un demone. Quel che so è che reagisce alla nostra presenza e quindi in qualche modo pensa.»

«Chi vuole provare a fare come la bambina?» Iris era intenzionata a provare per prima. Le si leggeva in viso.

«Io, lo faccio io» disse Joris con un tremore nella voce. Non era spavalderia la sua, ma reale interesse. Si trovava in una situazione da romanzo di fantascienza, perché non approfittarne? Magari poi si sarebbe svegliato e avrebbe rimpianto di non aver goduto delle opportunità del sogno.

Si fece avanti lasciando Iris presa alla sprovvista e un po' delusa, ma pronta a scattare dietro di lui. Joris posò le mani sul vetro e provò a gesticolare a casaccio, senza garbo e senza vera intenzione.

Nulla accadde, e inutili furono le movenze da burattino di Joris, come se dall'altra parte l'interlocutore recepisse il vuoto del messaggio. Iris ci provò subito dopo. I suoi modi sembravano più ispirati e la sua volontà di crederci era palese, ma anche con lei il fenomeno osservato in precedenza non si ripeté. Ci provarono tutti meno Luca che continuava a scuotere la testa. Ripeteva sottovoce delle frasi, sempre le stesse, forse preghiere da esorcista, la coazione a ripetere di una mente sempre più disturbata.

In quella cantina, per vincere la paura dei ragni, degli scarafaggi e degli altri coinquilini, ma soprattutto del buio, il piccolo Luca raschiava le pareti, incideva solchi incrociati, scriveva il suo nome, la prima parola che aveva imparato a ricopiare. Lo faceva alla cieca, nell'oscurità, ma tanto con gli occhi pieni di lacrime non avrebbe visto lo stesso un bel niente. Esorcizzava la paura del demonio che da un momento all'altro avrebbe aperto una falla nel muro e se lo sarebbe trascinato giù, all'Inferno. Pregava e ripeteva infinite volte le parole suggerite dalla madre: *Scrutátor alme córdium, infirma tu scis vírium. Ad Te revérsis éxhibe remissiónis grátiam.* I suoi polpastrelli portavano ancora le cicatrici di quel ricordo.

I disegni sul vetro riapparvero quando Arlette si decise a ripetere la stessa scena della prima volta. Ci volle però del tempo prima che le parole di sua madre facessero l'effetto di invogliarla a giocare con il vetro. Con lei insistere era inutile. Serviva solo a farla irrigidire, e se si impuntava era meglio cambiare strategia. Lo sapeva bene Carol che adottò la tecnica di fare finta di nulla e nello stesso tempo di voltarsi e di mettersi a fissare con interesse il grande vetro alle sue spalle. Per alcuni minuti Arlette le girò attorno. Prima le si accostò, poi le posò la testa sulle gambe con gli occhi sempre spalancati. Infine decise di interessarsi a quello che guardava sua madre, fino a quando non si diresse verso il vetro dove, con il dito indice, tracciò una spirale, poi un'altra e un'altra ancora. Dall'altra parte comparvero i solchi già visti in precedenza. Finché Arlette restò lì di fronte al vetro le spirali furono chiare e nette ma, non appena fece per allontanarsi, l'insieme di quella materia informe richiuse i suoi solchi. Più tardi ci furono altre esibizioni spontanee da parte di Arlette, tanto che oramai gli altri passeggeri davano per scontato il fenomeno. La bambina riusciva a fare delle cose strane, e questo era quanto.

La luce a volte tremolava, a volte si indeboliva e altre volte ancora brillava intermittente. I led diventavano piccole stelle pulsar che forse lanciavano i loro messaggi a un equipaggio sospeso e mal assortito, dove non c'erano scienziati e cervelloni in grado di comprenderli. Ma loro erano quello che erano. Il destino li aveva scelti a caso e aveva deciso di accumunarli con un'esperienza unica. Un incubo, ma un incubo irripetibile.

Carol si era accorta di non tremare più dal freddo e, per quanto non potesse affermare con certezza che la temperatura si fosse alzata, né che il suo corpo si fosse acclimatato o reagisse allo stress, ritenne che quella presenza là fuori non aveva ancora deciso di farli congelare tutti. Si era sforzata tanto di pensare come avrebbe agito Dario al suo posto e di unire la sua genialità alla propria caparbietà, tuttavia le iniziative che le scorrevano davanti avevano tutte una caratteristica: erano irrealizzabili. Tante menti pensanti però alla fine avrebbero partorito qualcosa e quindi si rivolse a Barbara. L'idea di sviluppare un piccolo fuoco controllato, in alto, sotto all'apertura non sembrava sbagliata. Il fumo sarebbe forse stato visto dopo il sorgere del sole, se non si fosse perso tra il vapore acqueo della nuvola, ma avrebbe anche prodotto qualche reazione, là fuori. Forse quella cosa li avrebbe lasciati andare, avrebbe capito di non essere desiderata e desistito da qualsiasi proposito avesse mai in mente. Sempre che ci fosse, una mente.

«Perché no?» le disse Barbara, «Bisogna fare qualcosa, perché questa attesa ci uccide. Creiamoci una speranza, altrimenti non ce la faremo.» Carol pensò che la psicologa era lei e Barbara le stava rubando la scena. Da parte sua, invece, Barbara notò che, nonostante la situazione allucinante e le privazioni alle quali erano sottoposti, in primis la mancanza di sonno, Carol appariva ancora una bella donna. La criticità del momento le conferiva un'espressione tirata e sofferente tale da renderla interessante e appetibile, almeno ai suoi occhi. "Il suo ex-marito è un gran coglione", pensò immaginandola capace anche di sorridere con un'espressione dolce e accogliente.

Decisero di sacrificare gli zainetti e le borse. René si premurò di avvolgere strettamente un paio di zaini di materiale sintetico attorno a una racchetta da trekking. Le cinghie e una cintola resero compatta quella fiaccola inverosimile. Per accenderla Barbara offrì la sua moleskine. C'era l'abbozzo di un suo articolo su una rivista importante. "Vaffanculo anche all'articolo", pensò. Non c'era davvero nulla che importasse in quel momento. Di solito le materie sintetiche facevano un bel po' di fumo. Quindi era stato avviato il fuoco. Ci vollero parecchie pagine di appunti prima che la torcia, issata in alto da Fabio, si decidesse a sviluppare una bella fiamma viva.

Di fumo ce n'era anche troppo e l'odore pungente fece tossire Maria in modo convulso. «Sembra che il buco tiri su il fumo.» Joris si esaltò come se stesse facendo una bravata con i suoi compagni di scuola.

«Ma non si vede niente. Sembra che il buio là fuori si ingoi tutto.» Fabio si sforzava di non stare troppo sulla verticale per non rischiare di vedersi piombare addosso qualche frammento incendiato.

«Prova ad alzare di più il braccio. Falla uscire di più!»

«Non ci riesco più di così.»

«Fai provare me che sono più alto.» In effetti René doveva avvicinarsi ai due metri e senza dubbio aveva delle braccia lunghe esagerate, da gibbone. Il suo tentativo portò il fuoco oltre il bordo e la nebbia si ritirò tanto da far intravvedere il carrello. René stette sulle punte dei piedi per cercare di captare il più possibile quello che c'era da vedere. A parte quel grigiore di fondo non si distingueva nulla che fosse minaccioso. Gli altri si tenevano a una certa distanza da lui sia per lasciargli spazio di manovra, sia perché si trattava comunque di un'idea rischiosa.

«Mia nonna diceva che a toccare il culo alla cicala quella canta. E questa cosa lì fuori a me sembra ostile» disse Marianne. «Che cosa pensereste voi se foste dall'altra parte?»

«Se fossi qualcosa dall'altra parte mi chiederei perché ho fatto fuori tre umani.» Luca si era riscosso dal torpore e sembrava di nuovo in sé, anche se non aveva mollato un secondo il suo crocifisso d'oro massiccio.

«Ehi, mi è sembrato di vedere del bianco intorno al carrello!» René agitava la racchetta da una parte all'altra e faceva sprizzare delle scintille che scendevano di lato, lungo una delle vetrate. Poi la racchetta venne risucchiata verso l'alto in modo tanto rapido che René non ebbe neppure il tempo di rendersene conto. Stava giusto per stupirsene a bocca aperta quando una doccia di fuoco e scintille lo ricoprì di getto. René crollò a terra sulle ginocchia. Le fiamme si erano spente quasi all'istante, lasciandolo fumante e ricoperto di bruciature e cenere. Solo Fabio ebbe la prontezza di intervenire. Aiutò René a togliersi di dosso tutto quel nero di panni ancora arroventati. Si scottò il dorso di una mano con il metallo fuso della racchetta. Joris gettò il liquido di un paio di bottiglie sul corpo ormai a terra, esanime. Le loro riserve di *acqua*. Le avrebbero riempite presto di nuovo.

Se non altro per la paura. Dal vapore che si sollevò qua e là, non sembrò una mossa del tutto stupida ed era ancora presto per realizzare che quell'orina non era liquido sterile.

René rinvenne anche troppo presto, investito da un dolore insopportabile, soprattutto sulla testa dove il rosso delle piaghe sostituiva i radi capelli biondi. Anche le tracce di pizzetto e baffi si erano incenerite. Due occhi chiarissimi si spalancavano in quel nero fumo indistinto, gridando aiuto. Ma René non gridò mai aiuto. Continuava solo a lamentarsi, non trovando la forza di parlare. Marianne e Iris per prime prestarono soccorso. L'istinto da crocerossina non toccò invece minimamente Carol e tantomeno Maria che si strinse ancora di più alle ginocchia per resistere al panico e alla tentazione di farsi. Perché il *negozio* ce l'aveva lei in borsa, e non Werner, che preferiva lasciare a lei il rischio di essere beccata con la roba. Ma mica poteva tirarla fuori lì davanti a tutti e spararsi in vena un viaggio che l'avrebbe portata lontano da quell'incubo. E poi se avesse consumato anche solo una dose Werner l'avrebbe sfatta di botte. "Affanculo Werner", pensò. "Perché non vieni qui a salvarmi, invece di farti delle seghe nel bagno delle donne! Lui ce l'ha la sua dose, lui, perché lo stronzo non si fa mancare mai niente."

Considerata la breve durata del viaggio, la cabina non era stata dotata di alcun genere di conforto antidolorifico per le gravi emergenze. Ma per fortuna una mano previdente aveva collocato un kit di pronto soccorso sotto uno dei sedili. C'era di tutto, sacchetti per il vomito, cotone, garze, bende e gli immancabili cerotti, disinfettante, blandi analgesici da banco, acqua ossigenata, una siringa anti choc anafilattico, dell'antibiotico in pasta e della polvere di penicillina. "Non ne vedevo in giro da anni", pensò Iris. Era poco, ma meglio di niente.

«Puoi venire anche tu, Barbara, ti spiace?» Il suo aiuto forse in quel momento non era indispensabile, ma Iris aveva bisogno di sentirsela accanto. Tra loro si stava creando un legame che in altra occasione non sarebbe mai iniziato. I momenti di disperazione ammansiscono gli ego delle persone e creano empatie inconcepibili prima di allora.

A Barbara ricordava i suoi giorni al college, quando il suo bisogno di sesso si era fatto talmente incontenibile da accogliere qualsiasi orientamento. Nessuno poteva sapere come ci si sente a essere prigioniere in un corpo di donna, con la testa di un uomo, in un mondo che svaluta in partenza chi possiede quel corpo. Anche se a lei poi, in fondo, quel corpo non dispiaceva. Ormai si era accettata così. Non era transgender, ma il suo confine oscillava. Ci aveva messo anni di adolescenza a capire chi lei fosse realmente. Una di quelle cose comprensibili solo quando il livello di accettazione è totale. Adesso si piaceva, non come quando da ragazza avrebbe mandato in pezzi tutti gli specchi. E poi, a conti fatti, si considerava anche un bel tipo, androgino e sensuale. Non era narcisista. Solo un'attenta amministratrice di sé.

L'acqua ossigenata servì a staccare la stoffa che si era saldata alla pelle, anche se non sempre l'operazione risultò efficace.

René restò a torso nudo con i pantaloni mezzo calati sulle cosce. Gli si vedevano i genitali quando si muoveva, ma nessuno ci faceva caso. A nessuno sarebbe mai venuto in mente di pensare che il Cristo delle deposizioni fosse anche sessuato, ma la figura dolorante rimandava proprio a quella iconografia, e comunque non avrebbe fatto più scalpore della bianca statua di un guerriero greco ferito in battaglia. Iris si preoccupò di capire se ci fossero stati dei danni anche da quelle parti, e una volta verificato che dalle anche in giù le bruciature erano superficiali, si concentrò sulle piaghe delle spalle. La testa era una distesa di bolle e carne rosso vivo. Le orecchie erano nere, affumicate, e non si comprendeva la gravità delle ustioni. Le tre donne si spartirono le aree dove agire con la crema. Non si poteva fare di più o di meglio. «Aspettiamo di vedere se usare la penicillina.» In seguito si sarebbero potute formare delle infezioni.

Iris aveva seguito un corso di primo intervento, ma nulla di quello che aveva appreso le avrebbe fatto comodo in quella circostanza. Forse avrebbe eseguito alla perfezione la respirazione a bocca a bocca, ma si augurava di tutto cuore che non ce ne fosse bisogno. Ma quanto tempo ancora sarebbero dovuti restare in quella situazione, prima che la setticemia si manifestasse?

Dovevano venire a salvarli. Subito.

Gli antidolorifici erano acqua fresca. Marianne gli infilava direttamente le pastiglie in bocca.

Non se la sentiva di usargli la gentilezza di un bicchiere di quella *acqua*, né di inumidirgli le labbra come sarebbe stato opportuno. Se solo avessero potuto raccogliere la condensa che si era formata sulle pareti e che colava in minute goccioline un po' dappertutto!

René si lamentava con grida che provenivano dal petto e si fermavano in gola, soffocate. Non smetteva mai. A volte si scuoteva e poi ricominciava. Non aveva mai perso del tutto conoscenza, ma col passare del tempo sembrava sempre più in sé, mentre in proporzione i dolori si facevano sentire più acuti come schianti sotto la pelle.

Maria non ce la fece più. Si mise le mani sulle orecchie. Quella sofferenza, quei mugolii lei li aveva già sentiti, ce li aveva stampati nella memoria in modo indelebile. Le si erano conficcati sotto le unghie.

Lei poteva ritenersi fortunata perché ne era uscita incolume.

Gli altri no. Era successo a Berlino. Si era inserita bene all'interno di una comunità di disgraziati come lei che aveva occupato una casa fatiscente nella parte est. Grandi cartelli avvisavano che a breve lì sarebbe sorto un nuovo complesso di edifici residenziali. Se ne sarebbero dovuti andare, ma intanto era bello avere dove dormire e scherzare con gli amici. C'era anche la droga, ovvio, e tanto alcol. Poi una notte dei balordi, con problemi più grossi dei loro, disegnarono svastiche all'esterno, prima di dare fuoco alle schifezze ammassate ai quattro lati e all'unica porta. Il fuoco li sorprese, chi nel sonno, chi in viaggio. Per gli ultimi fu morte certa, per gli altri la fuga scomposta dalle finestre e, se non finivi su un falò, potevi anche cavartela con bruciature e fratture. Lei si era solo contusa una spalla. Ma la cosa peggiore fu che la polizia trattò gli scampati come colpevoli invece di vittime, e quella volta venne anche rimpatriata.

Nel suo thermos c'era abbastanza antidolorifico da calmare le doglie di parto di una mandria di elefantesse. Se solo avesse potuto trovare una scusa. Se solo avesse svitato il doppiofondo. Se l'avesse riscaldata e se la fosse iniettata in santa pace. Se avesse potuto almeno aiutare René che incontrava il suo sguardo e non la vedeva, mentre con gli occhi gridava di aiutarlo a mettere fine alla sofferenza. Doveva uscire allo scoperto. "Tanto magari avranno già capito che mi faccio", pensò. Infatti nessuno tremava e sudava come lei sinora, senza smettere mai. E non era per la paura. A lei sarebbe bastato cospargersi le gengive con un po' di polvere. "Quello stronzo di Werner deve andare affanculo. Mi ha lasciata sola in questo casino. Dov'è adesso? Al sicuro da qualche parte a preoccuparsi della sua droga, mica di me. Mi merito un po' polvere, anzi me la merito tutta."

Quando il lamento di René si fece monocorde, in un tono

così basso da farle vibrare il cuore in risonanza con lo stesso strazio, Maria non ce la fece più. Si alzò in piedi. «Ho la medicina per René!» disse senza fare pause. «Non è roba mia. Serve al mio ragazzo per tirarsi su. È roba forte. Fa passare il dolore. Ma promettetemi di non denunciarmi quando usciremo di qui.»

«Se usciremo mai di qui.»

«Che cos'è? Dove ce l'hai?»

«Che cosa aspetti, non vedi che soffre come un cane?»

«Dai, non ti preoccupare. Ne ho già viste nel tuo stato. Ti do una mano. Facciamo quello che va fatto.» Barbara aveva preso sottobraccio Maria e le aveva sussurrato la frase con un fare rassicurante, amichevole, persino complice, e così fuori dalle righe dal comportamento duro e distaccato mostrato sinora.

«Va bene.» Maria andò a colpo sicuro a recuperare il suo thermos, poi tirò fuori dalla borsa un involucro con delle cose tra cui spiccavano delle siringhe.»

«Anche tu diabetica?» disse Iris, di nuovo attiva, pronta per continuare la sua opera di soccorso. Barbara le fece una espressione eloquente e Iris capì all'istante. Emise un *oh!* a capo chino, girando gli occhi di lato e facendo finta di controllare le ferite di René.

Maria svitò il doppiofondo e preparò il cucchiaino. Un numero così alto di dosi a occhio e croce dovevano valere un mucchio di soldi. Barbara osservava e le teneva ferma la mano perché non tremasse più. E Maria smise di tremare. Sentiva i brividi lacerarle la pelle da dentro. Ripetere quell'operazione la faceva vigile e concentrata. Se solo avesse potuto. La tentazione di bucarsi lei, subito per prima, era troppo forte. Le faceva pregustare l'effetto. Come se cominciasse a scorrerle nelle vene tutta l'energia di cui aveva bisogno. Si sarebbe ricaricata. Invece la supervisione di Barbara non lasciava spazio alle fantasie. Quella stronza. Perché si era messa di mezzo tra lei e la sua roba? Apparteneva a lei, a lei soltanto.

Stringere il laccio emostatico sulle piaghe sarebbe servito solo a fare gridare René. Barbara con la siringa pronta cercò la vena, ma non ci riuscì. Alla fine dovette consegnarla di nuovo a Maria perché lo facesse lei. Dopotutto era lei l'esperta, quando si trattava di vene. Intanto tutti si erano più o meno avvicinati per vedere come procedevano le cose. Persino Arlette sbirciava da dietro sua madre. Maria mostrò una professionalità da pronto soccorso e rivelò più di sé con quel gesto che se avesse confessato tutti i suoi peccati di fronte all'Inquisizione.

L'iniezione fece effetto. René si rilassò e si addormentò. Ci sarebbero state altre dosi come terapia. Ce n'erano tante. Ce n'erano per tutti. Avrebbero potuto chiudere il cerchio di un tormento collettivo se fosse stato necessario. Per ora Maria si era fatta scivolare una bustina tra le dita e si stava pregustando quello che sarebbe successo appena possibile, appena si fosse potuta ritirare tra i suoi stracci, dimenticata dagli altri. Lasciata libera.

5.

Con René che non faceva più venire i brividi ogni volta che ripercorreva con il lamento tutta la soglia del dolore, i passeggeri ripresero le proprie postazioni, facendo ancora una volta i conti con le risorse fisiche e mentali rimaste. E ancora una volta Arlette sorprese tutti.

Luca e Joris si stavano cimentando in un'impresa impossibile: raccogliere le gocce di condensa in un contenitore. Con un foglio rigido di plastica spazzolavano tutto il vetro in obliquo e tesaurizzavano l'acqua nel contenitore. Alla fine ricavarono due dita di liquido da spartirsi in due. Joris bevve per primo e lo fece ingollando tutto d'un fiato, così Luca lo tempestò di schiaffi sulla testa, con l'altro che parava i colpi col braccio. «Non sei tu quello che predica "dare da bere agli assetati"?» Joris incassava e con quell'espressione strafottente indisponeva Luca sempre di più.

Arlette sembrava molto interessata alla loro disputa e anche alla raccolta dell'acqua. Era sfuggita alla stretta sorveglianza di Carol, la quale stava cercando di riposarsi qualche secondo. Arlette passò un dito sul vetro e lo mise in bocca. Si mise proprio sulla verticale della botola del soffitto. Quindi cominciò a girare su se stessa con gli occhi chiusi come se stesse giocando a moscacieca. La sua gonna di velluto si gonfiò appena, ma la somiglianza di quel roteare incessante con una danza soufi era evidente, forse per quelle braccia alzate e la testa all'indietro.

«Arlette vieni via di lì! Per favore smettila.» Carol si era accorta di quella strana pantomima.

Fece per muoversi verso di lei, quando un rumore crescente e assordante fece trasalire tutti quanti. Di nuovo gli elicotteri.

Sembrava di assistere alla proiezione tridimensionale di Platoon. Luci abbaglianti comparvero dal basso insieme al rumore dei rotori di diversi elicotteri. Appena sopra di loro cominciarono a lanciare razzi nella loro direzione.

«Ma che sta succedendo? Sono impazziti?» Fabio si dimenava tra le grida degli altri che si sbracciavano verso gli elicotteri.

«Così finiranno per danneggiare i cavi o il carrello!» gridò Marianne.

«Basta smettetela.» Maria teneva le mani sugli orecchi quasi a respingere una nuova crisi isterica. Ma il momento andava colto, così abbandonò ogni isteria e si mise a trafficare con il suo surrogato di paradiso. Prima che tutto cessasse riuscì a bucarsi tra le dita dei piedi e a lasciarne una parte per René, così la sua eventuale confessione forse sarebbe stata equivocata per un bisogno di generosità. Il suo altruismo ipocrita però sarebbe stato pagato a caro prezzo, se lei fosse risultata sieropositiva. "Ma io sto bene e non ce l'ho l'AIDS." pensò. "Cosa dicono i dottori a me non importa un fico secco". Si accorse che Iris la stava fissando. Si sarebbe aspettata che almeno scuotesse la testa in segno di disapprovazione. Invece niente. La fissava inespressiva senza mai mollare la presa. "Brutta strega. Che ne sa lei di come ci si sente con questa in corpo. L'unica droga che avrà conosciuto quella lì sarà stato il tè al gelsomino." Un boato ravvicinato fece scuotere la cabina che si oscurò per alcuni secondi per poi illuminarsi di nuovo in un effetto psichedelico intermittente. «È la fine!» gridò. Iris era sempre lì a fissarla.

La luce andava e veniva senza una sequenza ordinata di intervalli. Poi restò accesa.

Iris non era più al suo posto con i suoi occhietti accusatori su di lei. Il conforto di Maria durò solo un attimo, perché girandosi di lato trovò gli occhi di Iris a pochi centimetri dal viso. «Cosa credi, che io sia una stupida vecchia bigotta?» Maria sussultò. «Ho fatto anch'io le mie esperienze, sai. A Parigi ho bruciato anch'io il reggiseno in piazza. E ho conosciuto anche l'amore libero e ho fatto cose che non ti racconterò neppure sotto tortura, ma io quella robaccia lì nel mio corpo non l'ho mai voluta, sai. Eppure se avessi voluto di occasioni ce ne sono state. Ma sai che cosa mi ha trattenuto?»

«Nnno.» Maria era così spaventata da quel viso minaccioso che aveva persino dimenticato che sopra di loro si stava forse combattendo la prima vera guerra dei mondi.

«La mia dignità. Perché chi si droga perde la dignità verso se stesso. Se una donna si droga non è più una persona, finisce per diventare uno strumento in mano agli uomini.»

«Werner mi ama.»

«Quello stronzo del tuo Werner ti usa. Ti usa e basta. Ti ha resa sua complice, ma in realtà sei la sua schiava.»

«Ma chi ti credi di essere? Pensi di essere la prima a farmi queste prediche? Lo sai in quante comunità sono stata? Non ne hai la minima idea. Questa è la mia vita e voglio essere lasciata in pace. Voglio viverla come mi pare. Lasciami in pace.»

Uno strano silenzio aveva interrotto la colonna sonora di quel film di fantascienza proiettato là fuori. Poi, all'improvviso, l'aria si squarciò e i sibili a seguire si frantumarono con dei boati lontani, laggiù nella valle. Un oggetto colpì un lato della cabina. Il vetro ne fu lesionato e si aprì una piccola falla da cui il vento freddo si infiltrò con fragore. La cabina si inclinò dondolando come mai aveva fatto prima. Il grido ancora una volta fu unanime. Anche René fece sentire il suo dolore per avere urtato le ferite su qualche superficie. Quindi la cabina riprese il suo normale assetto. Dal fondo trasparente, nonostante il sudiciume, si intravidero dei bagliori lungo il ghiacciaio. Se c'era stata una battaglia in cielo, la cavalleria aveva perso.

«Oh mio dio, ma che diavolo c'è sopra di noi?» gridò Iris.

La domanda era ormai retorica. Tutti si erano fatti più o meno un'idea di cosa li tenesse bloccati su quella maledetta funivia. Barbara abbracciò Iris. Si sarebbe presa cura di lei.

Non era solo tenerezza quella che l'aveva spinta in collegio a infilarsi nei letti delle compagne, ma il calore umano che riscaldava la notte, quando i termosifoni non funzionavano mai in modo adeguato. Da molto tempo Barbara non provava quel conforto così semplice, naturale, complice l'ingenuità di Iris.

Dall'apertura si scorgevano le stelle. Il primo a rendersene conto fu René, che giaceva supino per farsi medicare da Fabio, il quale si era sostituito a Iris quando il barman aveva manifestato il bisogno di orinare. E proprio mentre Fabio armeggiava con una bottiglia di coca cola e si arrangiava a far funzionare al meglio quell'insolita manovra di aggancio, forse pensando che non avrebbe potuto lavarsi le mani, René sospirò. Non era però l'effetto liberatorio della minzione.

Aveva visto il cielo stellato.

«Guardate! Se ne sono andati.» Tutti cercarono di sbirciare attraverso i vetri che ancora lasciavano trasparire qualcosa, e in effetti il grigiore ovattato della nuvola non era più lì. Qualcuno doveva mettere la testa là fuori e accertarsene.

«Forse i nostri ce l'hanno fatta dopotutto» disse Joris. «Si sono sacrificati, ma ce l'hanno fatta.»

«Mi sembra un controsenso. Se sono tutti morti e gli elicotteri distrutti, come possono aver avuto successo nella missione?»

Barbara aveva ragione. Tutta quella calma sapeva più di occhio del ciclone che di una resa incondizionata. Arlette, intanto, non prestava attenzione a quel parlottio, ma cercava con lo sguardo fuori del vetro anteriore quello che sapeva essere lassù da qualche parte. Joris, preso dall'entusiasmo era montato sulle spalliere dei sedili per cercare di arrampicarsi sul tetto della cabina.

«Che fai, scendi subito da lì!» urlò Luca. «Vuoi farti del male? Resta al sicuro qui accanto ad Arlette.»

Come si permetteva di trattarlo come un bambino? Lui era cresciuto da un pezzo e poi non era suo padre, che era l'unico che gli poteva trovare da dire, ma suo padre parlava poco, più che altro parlava con le mani, diventate negli anni sempre più leggere. Da bambino gli faceva uscire il sangue dal naso e si vergognava a dover andare a scuola con il cotone nelle narici, quando tutti lo prendevano in giro perché era un can da botte. Ma ormai la sua mano non lo spostava di un centimetro e l'ultima volta gliela aveva afferrata, guardandolo fisso negli occhi. Senza una parola, come piaceva a suo padre. Per fortuna, da che ricordava, tornava solo tre volte l'anno, finché non si fece più vivo. Per quel che serviva. Chiamavano dalla birreria e toccava a lui andare a recuperarlo. A volte doveva aspettare che vomitasse in un fosso. Sempre meglio che a casa. Ma poi puzzava come una fogna e faceva venire da vomitare anche a lui.

Non voleva sentire ragioni, tantomeno allusioni alla sua giovane età. Joris voleva essere il predestinato a vedere per primo la fine di quell'incubo. Sarebbe montato sul tetto della cabina. Fabio, con le sue maniere decise, convinse Luca a non comportarsi da stronzo e ad aiutarlo con Joris, facendolo salire sulle loro spalle. I movimenti goffi del ragazzo rischiarono di far perdere l'equilibrio a chi era già in difficoltà nel reggere quel peso. Luca in particolare mostrava di non sopportare lo sforzo.

Barbara e Marianne aiutarono a puntellare meglio Luca e a sorreggerlo.

«Tutto sgombro quassù. Non c'è un alito di vento e riesco a vedere la luna e il cielo stellato.» Il cielo era di un blu così intenso e luminoso che il Cervino pareva illuminato con dei proiettori. Joris fu così tanto sbruffone da volersi issare a sedere sul bordo di quel boccaporto verso il cielo. «Oh no! Non è possibile. La stazione in alto è avvolta dalle nuvole. Non si vede niente da quella parte, neppure il Matterhorn Glacier Paradise.» In cabina dovettero constatare, nonostante la visibilità ridotta per lo stato del vetro, che la nuvola si era soltanto spostata altrove. Si sarebbe detta una ritirata strategica.

«Fatemi scendere, non voglio morire quassù.»

Joris piagnucolava per la delusione e per la paura che rimontava più persistente di prima. Lo tirarono giù sostenendogli le gambe. La manovra della discesa risultò più difficoltosa della salita. Joris si contorse e annaspò nell'aria prima di cadere in malo modo tra i sedili. Barbara fu atterrata da un braccio e bestemmiò parole incomprensibili in tedesco. Joris non era il solo a essere spaventato. Lo erano tutti, tutti meno Arlette, che stava con il naso e le mani schiacciati contro il vetro. Dentro di sé provava una gran gioia, il piacere che solo i ricordi felici possono dare.

Sua mamma aveva paura dei ragni, delle scolopendre, delle lucertole, dei serpenti, delle rane, degli scoiattoli, dei procioni. Insomma di tutto. Passava metà del tempo a gridare e l'altra metà a maledire Dad perché l'aveva trascinata in campeggio. Invece lei si divertiva un sacco, soprattutto se la mamma non la richiamava di continuo per dirle di stare attenta a questo o a quello. Nel laghetto con la cascata le piaceva nuotare con il salvagente. L'acqua era ghiacciata, ma tanto trasparente che riusciva a vedere i pesci sotto di lei. Suo papà le stava sempre accanto, ma una volta sparì all'improvviso e cominciò a chiamarla. Lei si girò intorno e lui non c'era. La voce arrivava dalla cascata, e tutta quell'acqua che le spruzzava il viso gridava con la voce di suo papà. Poi lui sbucò fuori e la prese in braccio. Insieme entrarono in quello scroscio pesante e travolgente. "Tieni il fiato Arlette" le disse. In un attimo si trovò in un posto "wow", pieno di piante e con una nebbiolina di goccioline che si spostavano come tende. La cascata le parlava nella sua lingua, una lingua che non conosceva ma che capiva benissimo.

A turno Fabio e Luca vollero anche loro mettere la testa fuori dal tettuccio. Carol pensò che, se ci fossero stati dei marziani là fuori, li avrebbero scambiati per dei suricati dall'aria timorosa e diffidente. Le vedette comunque fecero il loro lavoro, perché i bollettini annunciarono un progressivo allargarsi della perturbazione con il conseguente abbassamento delle nuvole.

«Torneranno qui, da noi. Non hanno mai avuto intenzione di andarsene.» Marianne si era fatta portavoce del pensiero di tutti e delle loro paure. Arlette saltava sui sedili presa da una contentezza incontenibile. Gli inviti di Carol a calmarsi erano ben attenti a non contrariarla, ma solo a proteggerla affinché non si facesse del male.

«Perché noi?» domandò Barbara. «Perché non accontentarsi di quelli lassù sul Matterhorn Glacier Paradise?»

«Che cosa gli sarà successo? Si saranno accorti di cosa sta capitando?» Maria era preoccupata per Werner per un vago senso del dovere di coppia, una coppia sgangherata ma pur sempre una coppia, con i suoi patti e le sue regole.

«Certo che se ne saranno accorti. Davvero pensi che questa cosa ce l'abbia solo con noi?» La voce flebile di René era tornata a farsi sentire, seppure con il suo carico di dolore. Maria era subentrata alle altre donne nella cura. Lo aveva preteso. C'era un legame ora tra loro, una complicità necessaria, un patto di sangue che solo chi scambia lo stesso ago può capire.

«Come ti senti René?»

«Meglio. La testa mi va a fuoco e non sento più mezzo corpo, però grazie a te, meglio.»

«Avvertimi quando vuoi un'altra dose. Non aspettare di soffrire.» Tanta generosità poteva sembrare interessata e difatti lo era, ma una fetta di quella virtù era del tutto sincera. Non era la prima volta che aiutava qualcuno.

Quando l'amica che la ospitava nel suo bilocale di Kilburn si ammalò di cancro al seno, lei non l'abbandonò. Solo di sera e a volte sino al mattino, perché doveva lavorare per tutte e due. L'Health Service non copriva tutte le spese di un malato terminale e il consumo di stupefacenti andava aumentando in proporzione con le metastasi. Quando non lavorava in strada, sgobbava all'interno di un locale a Soho come sguattera, e ogni tanto saltava fuori qualche extra, perché i porci sono dappertutto, così riusciva a pagare anche gli arretrati dell'affitto. Poi lo strazio. Ma fu breve perché lei usò le ultime risorse a sua disposizione.

Nemmeno il tempo del funerale e dovette sloggiare.

Quando la nebbia si ripresentò sopra di loro ci fu di nuovo delusione e scoramento, ma nessuna manifestazione di angoscia. La vista di Arlette che continuava a saltare come un'invasata li distraeva e impediva che la paura mutasse in crisi di panico.

Lei adorava saltare sui tappeti elastici al parco della scuola speciale che frequentava a Long Island. Le piaceva che gli altri bambini la guardassero e, se lo facevano, lei era in grado di compiere anche qualche acrobazia. Si gettava sul tappeto di schiena e si faceva catapultare così in alto da tornare in piedi. Sua madre e la tata non volevano, perciò doveva essere svelta.

Se quelli che considerava suoi amici l'avevano guardata, tornava a casa felice per aver dato un senso alla giornata. Se invece erano stati quelli che non sopportava, specialmente una bambina che le diceva sempre delle cose brutte, allora si irrigidiva e saltava come un canguro con le gambe unite, fissandosi la punta dei piedi.

Joris contrastava i brutti presentimenti scrutando verso il basso, laggiù oltre il ghiacciaio, ma non si scorgeva nulla. Anche la stazione di Trockener Steg era al buio e non si intuivano movimenti. Nella cabina però la luce, pur traballante e intermittente, continuava a esserci. Almeno questo rassicurava.

Furono scossi dallo scroscio di un liquido che non sembrava essere acqua ma che avrebbe anche potuto esserlo.

«Non toccarla!» gridò Fabio a Luca già con il palmo proteso. «Non sappiamo cosa sia. E se fosse una sostanza gettata per annientarci?»

«Il Signore non lo permetterà» Luca aveva lo sguardo rivolto verso l'alto con l'espressione dei santi in estasi. «Il Signore si è accorto delle nostre sofferenze e ci ha mandato un angelo per dissetarci. Dio ci ama.»

«Sei completamente fuori di testa Luca. Ascolta Fabio!» disse Barbara pronta ad afferrarlo per i vestiti, dato che era quella più vicina. Lui credeva agli angeli, soprattutto a quelli custodi, quelli che si prendono cura di te e non ti tradiscono mai. Lui l'aveva visto un angelo, tanto tempo fa, quando aveva pianificato di dar fuoco a una segheria dove si tagliavano alberi di alto fusto di una foresta naturale. "Maledetti tagliaboschi di frodo. Bracconieri di merda." Erano stati intercettati e inseguiti. Allora si era infilato giù per un canalone di felci alte quasi quanto lui. Non si era accorto del precipizio oltre quel muro verde. Allora perse l'equilibrio con un movimento avvitato nel tentativo di fermarsi, per aggrapparsi a qualcosa. Precipitò. Ma una mano pietosa venne in suo soccorso. Sentì afferrare il braccio e una voce che gli sussurrava «non oggi, non qui». Perse i sensi e si ritrovò in un letto, al sicuro. Non aveva sognato. Il trauma cranico provava la sua caduta.

«Non ci avevi ancora detto di aver battuto la testa. Certo questo spiegherebbe molte cose.» La battuta di Barbara non voleva sdrammatizzare, né far sorridere. E chi ne avrebbe avuto voglia! Serviva per confondere. Luca venne investito dal fumo della sigaretta che Barbara stava fumando. Chi glielo avrebbe potuto impedire? Il divieto di fumare non aveva alcun senso ormai. Il fumo uccide, stampato sul pacchetto, suonava molto più ironico di qualsiasi battuta. Luca ne fu spiazzato quel tanto da permettere a Fabio di prenderlo per le spalle e di farlo sedere a forza.

Iris ne aveva conosciuti di fanatici religiosi difensori dell'ortodossia. Lei non credeva in alcun dio, pur provenendo da una famiglia ebrea praticante. E in quell'esaltazione di Luca non riusciva a leggerci nulla di religioso. "Che cosa c'è di meglio di un dio che viene a salvarti quando lo invochi?" Per lei era solo un giovane uomo dalla volontà labile che stava facendosela sotto e che, per la paura di non sopportare la realtà, si stava creando una comoda via di uscita.

Mentre Luca si guardava intorno smarrito e gli altri si domandavano che cosa sarebbe successo, Arlette comparve al centro della scena. Una creatura del mondo naturale. Da come si muoveva a suo agio con l'elemento, ricordò a Marianne una delle ore danzanti del quadro che ricopriva un'intera parete nella sala da pranzo della nonna paterna. Avrebbe potuto essere una qualsiasi ninfa legata al mondo rigenerante dell'acqua. Arlette si era messa proprio sotto il flusso e teneva la bocca spalancata con l'intenzione di berne il più possibile. Marianne fece per afferrarla, anticipando l'azione di Carol. Ritirò la mano. «Ma è ghiacciata!» Non si capacitava di come invece Arlette fosse a suo agio lì sotto. Solo Carol riuscì a convincere la figlia a uscire da quella doccia gelata per poterla asciugare, per quanto possibile.

Carol spogliò Arlette, ancora euforica e persa nei suoi pensieri. Le strizzò i vestiti e rimediò dei pantaloni e una giacca a vento imbottita da Iris, per quanto la bambina non sembrasse stare soffrendo per la bassa temperatura. La sua pelle era calda e rosea come quando faceva il bagno con la sua immancabile paperella. Non c'era traccia di "goose pimples", pelle d'oca, né di chiazze livide. Il suo corpo evaporava tutta l'umidità, riscaldato dall'interno da una forza pervicace, da calorie termochimiche non ordinarie, mentre canticchiava felice:

«Humpty Dumpty set on a wall, Humpty Dumpty had a great fall...»

Constatato che quella era a tutti gli effetti acqua piovana, venne attrezzata una raccolta con gli scarsi mezzi a disposizione. Nessuno si sentì di svuotare i contenitori con le orine fuori dal tetto, quindi vennero svuotate sul pavimento dove un dito d'acqua aveva già invaso tutto lo spazio e minacciava di salire ancora a causa del getto della botola. Per fortuna il liquido sarebbe defluito con lentezza attraverso le porte e l'impianto di climatizzazione, ma avrebbero dovuto tenere i piedi in ammollo finché non si fosse trovata la soluzione.

Luca pregava a mezza voce e inneggiava ai suoi angeli per averlo ascoltato. «Il dio che cura la natura, che disseta la terra e rende rigogliosa la foresta, non ci ha abbandonato» salmodiava.

«Nella sua volontà infinita anche noi facciamo parte del suo grande progetto di vita.»

Nessuno aveva voglia di ascoltarlo.

René venne spostato con mille precauzioni e fatto sdraiare su una fila di sedili al centro della cabina. Invece nessuno faceva più caso alla povera salma di Samuel, una sorta di mummia in salamoia, un fardello che bisognava ignorare se si volevano mantenere inalterate le capacità mentali di autoconservazione. Per agevolare la fuoriuscita dell'acqua, venne ipotizzata la possibilità di realizzare un'apertura, un foro, una falla o qualcosa del genere, sul fondo della cabina, magari utilizzando gli strumenti di Samuel. Fu incaricato Joris, abbastanza intraprendente e con una predisposizione per le demolizioni meccaniche. Bastava guardarlo in viso.

La pioggia scrosciava intensa. Fabio doveva tenere in alto le braccia, mentre le ragazze tendevano la giacca a vento piegata a mezzo imbuto sui contenitori che Barbara e Iris si passavano. Sciacquare le bottiglie e gli altri oggetti non sarebbe stato indispensabile, ma era necessario per acquisire un minimo di fiducia nella possibilità che le cose prendessero una piega migliore.

L'ansia che la pioggia cessasse all'improvviso superava persino la paura di quella nebbia che li sovrastava come il soffitto basso di un immenso garage. Non si scorgeva più il Cervino con il suo fondale di stelle, né si vedevano gli effetti della luce lunare. La notte aveva perso i suoi riferimenti. La luce della cabina era l'unica presenza rassicurante nella notte più buia che si fosse mai vista lassù, sospesa nel vuoto, sopra uno dei più bei ghiacciai alpini. Eppure sembrava che gli altoparlanti invisibili, inseriti nei pannelli, avessero emesso dei suoni simili a scariche elettriche. O forse a produrre quei rumori era stato solo Joris che lavorava con un cacciavite, e intanto smadonnava a causa di un rivetto che non voleva saperne di saltare via.

La pioggia mantenne il suo tenore dirompente per circa mezz'ora, poi cominciò a scemare di intensità sino a cessare del tutto.

Joris trafficava con gli strumenti e intanto pensava ai lavoretti che il nonno gli faceva fare, su alla baita. Il nonno lo veniva a chiamare quando saliva alla montagna. Era arrivato il suo turno. Prima di lui ci erano passati i suoi due fratelli maschi più grandi. Le femmine no, non le voleva. Non era il nonno di Heidi dopotutto. Lo faceva sgobbare, se c'era da sgobbare, e se andava a caccia lo costringeva a scuoiare o spiumare le prede. Al ritorno, se si trattava di un animale bello grosso, toccava sempre a lui portare giù la carcassa. Finché non imparò a nascondersi durante la stagione di caccia. Ma non era semplice, perché il vecchio si metteva d'accordo con la figlia, sua madre, felice di riempirsi il freezer di selvaggina. In casa le bocche da sfamare erano tante. L'assegno dalla Svizzera non bastava e, a meno che non si bevesse tutta la paga, significava che quell'ubriacone di suo padre doveva spendere i suoi soldi in altro modo. Sua madre da tempo sospettava che al di là delle Alpi il marito avesse un'altra donna. La conferma arrivò da un compaesano, anche lui emigrato a Baden, che lo disse a uno che lo raccontò a qualcun altro e così via, finché non giunse all'orecchio di sua madre. Ma lei fece finta di niente. Se la prese con lui, maledicendolo ogni giorno, solo quando non si fece mai più vedere.

Quando il nonno era in pausa dalle sue faccende gli mostrava le cose della montagna. Conosceva il nome di tutte le piante, degli animali, tutti i sentieri e le storie legate ai suoi monti. Gli raccontava cose vere, come gli eventi di guerra o i delitti. Rielaborava spesso un fattaccio che riguardava alcuni amici che avevano portato su un tale in alpeggio per fargli la pelle. Ma raccontava anche leggende e fiabe, e queste riuscivano a elettrizzarlo. Ovunque, secondo il nonno, c'erano creature magiche, quasi tutte buone e qualcuna dispettosa o persino pericolosa, da tenere a distanza. A volte, se gli capitava di doversi fermare a dormire in baita, non riusciva a prendere sonno per paura di vedersene comparire una davanti. Anche se era diventato grande e grosso non aveva mai evitato di fare gli scongiuri o di mettere i pali incrociati davanti alla porta durante il temporale. Pensava di non credere più alle creature fantastiche, ma ogni tanto loro si ripresentavano quando era preda di paure irrazionali. Proprio come adesso che degli esseri capitati lì, da chissà dove, li stavano tenendo bloccati a un'altezza vertiginosa.

René beneficiò per primo dell'acqua raccolta, non solo per essersi dissetato ma anche perché l'eroina poteva ora essere sciolta con della vera acqua e non con orina o saliva. Poi il resto venne razionato dall'attento controllo teutonico di Barbara che stabilì un ordine per età. Tutta quell'acqua sul pavimento, che colmava un dislivello tra i tre e i cinque centimetri, aveva alzato ancora di più il fastidio per il freddo umido che mordeva le ossa e tirava i nervi, ma la temperatura restava accettabile, tanto da garantire la sopravvivenza dei passeggeri. In parte avrebbe potuto spiegarsi con il benessere termico che si verifica in presenza di tante persone in uno spazio ristretto, ma l'apertura quadrata sul soffitto smentiva tale ipotesi. Nonostante la pioggia fosse in apparenza gelida, il soffitto della cabina era tiepido al tocco della mano. Ad accorgersene fu Luca. Per quanto fosse sempre alterato e, come diceva Joris "fuori come un poggiolo", sommerso dai pensieri confusi come una tempesta di fulmini, notò che il soffitto non presentava la condensa che invece scendeva altrove. Fabio, seppure sfinito per aver tenuto in alto il telo per la raccolta dell'acqua piovana, si lasciò convincere a sollevarlo sin lassù, tenendolo abbracciato per le gambe. E sì, Luca aveva visto giusto. Il soffitto emanava un blando tepore.

«È come se ci fosse un'idea lassù che ci vede parte del progetto.

Non ho dubbi che ci sia una volontà intelligente capace di interagire.» Barbara lo disse a voce alta, per tutti, interrompendo quel flusso di pensieri che riservava da un po' solo per Iris.

«Ci stiamo rimuginando tutti su questa cosa. Giusto?» disse Fabio. «Non ci ha uccisi e avrebbe potuto. O meglio ha ucciso tre di noi, non dimentichiamolo, ma ora sembra risparmiarci come se ci stesse ripensando. La domanda è: che cosa vuole da noi?»

«Se davvero vuole qualcosa, da noi. Magari i coreani e il tecnico sono stati solo degli incidenti di percorso. Succede, quando si sta sperimentando. Tutti coloro che studiano specie sconosciute commettono errori in buona fede.»

«Stai dicendo che siamo campioni biologici sotto osservazione? Questo implicherebbe che se abbiamo a che fare con esseri alieni, e che altro potrebbero essere, questi ci considerano esseri inferiori, cavie. E se non fosse così? Se fosse che Samuel sia morto sul serio per un incidente? Noi non sappiamo che cosa sia successo realmente là sopra. Forse lui ha toccato qualcosa che non avrebbe dovuto, o forse se c'è stato, come si dice, un incontro ravvicinato del terzo tipo, ci sono stati problemi di incompatibilità. Un imprevisto.»

«Forse non sono quello,» disse Luca che aveva ascoltato tutto, anche se sembrava essere raccolto in preghiera. «perché potrebbero esserci due forze in contrasto: il Bene e il Male e, purtroppo per noi, siamo in mezzo al campo di battaglia. Ma il Bene vince sempre sul Male, e saremo salvati e ci verrà restituito quello che meritiamo. Dio lo vuole!» Barbara sbuffò più del solito e si accese un'altra sigaretta per evitare di reagire. Una parola ancora e gli avrebbe mollato un ceffone. "Non si fa così con gli isterici?"

«Non mi dite che non vi siete stupiti di quello che è successo ad Arlette.» Era da un po' che Carol aveva voglia di capire come mai nessuno ancora avesse commentato gli strani comportamenti di sua figlia. Forse perché nessuno aveva idea di come si comportasse Arlette nella vita ordinaria. «Sin da subito mia figlia ha stabilito un contatto con quella cosa là fuori. I segni sui vetri. Li abbiamo visti tutti. E anche ora, guardatela, non mi ascolta. Sembra completamente assorbita da quello che ci sovrasta. E non pensate che faccia così per l'autismo. Io so quando Arlette segue quel che dico, e capisco molto di quello che passa per la sua testa. Ma ora è diverso. Non sembra neppure lei.»

«Sarebbe a dire che lei non riesce a comunicare con noi ma ha la capacità di stabilire un contatto con loro? Scusate, ma a me vengono i brividi!» Iris aveva detto la sua dalla postazione di crocerossina e René, pur sempre sofferente, ascoltava con attenzione.

«Perché allora mi avrebbero fatto questo?» disse sforzando la voce. «Perché lei riceve delle attenzioni e altri no? Siamo sicuri che la pioggia sia stata intenzionale per non farci morire di sete, o soltanto per risparmiare la bambina? Se stessero invece solo provando a vedere come reagiamo agli stimoli? A me il fuoco e alla bambina l'acqua. Cosa altro staranno pensando di farci?»

«Dimentichi che sei stato tu quello che è andato a stuzzicare il culo alla cicala con il fuoco.»

«Bisogna farli morire tutti. Mandiamo il mio drone là fuori con qualcosa che faccia sparire quelli lì e le loro nuvole!» Joris si era eccitato all'idea concreta di avere dei veri alieni sopra la testa.

«Già. E cosa gli leghiamo sotto la pancia di così deflagrante? Il mio rossetto, l'accendino, un po' di droga? Senza contare che qualsiasi gesto, fosse anche di pace potrebbe essere mal interpretato.» Questa volta si era inserita nella discussione Marianne con un fare sfiduciato. Appariva l'ombra di quella bella ragazza solare e sportiva del giorno prima. Si stava arrendendo e dentro di lei si faceva strada l'idea che non ce l'avrebbero fatta e che per loro sarebbe stato meglio morire ora senza soffrire, piuttosto che tirare avanti, forse per giorni ancora, e alla fine vivere un'agonia senza speranza. C'era tutta quella droga. L'aveva capito, mica era scema. Doveva essere proprio tanta. Di fronte al peggio una puntura per ciascuno avrebbe garantito una fine dignitosa senza sofferenze inutili, e si sarebbero sottratti ai capricci di un destino venuto dallo spazio o da chissà dove. Lo avrebbero fregato.

Per contrastare la sofferenza, René cercava di distrarsi, di trasferire il dolore su un piano parallelo, qualcosa da osservare fuori da sé, come gli avevano insegnato nei suoi viaggi in Nepal. L'unico maschio decente era quel maestro di sci insieme alla campionessa. Quell'altro, quello biondo, non era il suo tipo, anche se magari aveva tutte le caratteristiche dei maschi che, quando si accorgono di un gay nelle vicinanze, un pensierino ce lo fanno. Lui il gay radar non lo aveva. Così per non sbagliare non faceva mai la prima mossa. Era stato scottato troppe volte per fallire ancora. In passato era stato preso a calci nelle palle per essersi permesso di guardare un ragazzo con insistenza, anche se era convinto che non ci fosse bisogno di un alibi per menare uno come lui. Aveva perso il conto delle botte che aveva preso negli anni. Era avvantaggiato dalla sua altezza, perché non è facile atterrare una giraffa, ma poi quando è a terra giù calci e pugni a volontà.

Si era deciso a fare coming out e un vantaggio l'aveva ottenuto: le allusioni erano cessate, almeno nel suo ambiente di lavoro. Adesso le cose gliele dicevano sul muso ma con affetto, e anche lui ci rideva. Però la resistenza di certe abitudini era dura a morire, come la tendenza a nascondersi, a temere il giudizio degli altri, a leggere nei loro sguardi che ci avevano azzeccato.

Gli altri passeggeri non sembravano essersi accorti di lui, non in quel senso almeno. Lo avrebbe capito anche solo da uno sguardo, ormai era diventato maestro a interpretare i metalinguaggi. Ad esempio quella ragazza un po' strana, che si era presentata come Maria, gli era piaciuta subito, perché era inquieta e soffriva. Glielo leggeva dai segni del corpo. Una sorella, insomma.

Il ragazzo carino aveva gli occhi a cuore dai quali uscivano tanti "love love" e cuoricini rossi per la campionessa. Se fosse stato etero forse René l'avrebbe pensata allo stesso modo. Aveva sex appeal a palate la ragazza. Lui li invidiava. Lui un approccio così, con tutti i preamboli e i riti di accoppiamento, non lo aveva mai avuto. I suoi amori duravano una notte, a volte pochi minuti, e si spalmavano dietro a squallidi retro qualcosa, cortili, depositi e parcheggi, van, sottoscala, bagni pubblici e sgabuzzini. Sempre la facciata B dell'amore, mai quello vero. Per anni era stato abusato da chi era convinto di fargli un favore. Alla scuola alberghiera aveva conosciuto uno di sala bar dell'ultimo anno, che aveva voluto fargli da Pigmalione e come l'originale avrebbe preteso di "svegliarlo", giusto per fargli provare le infinite variazioni delle gioie del sesso. Dopo essere stato usato a sufficienza, era stato scaricato e si era ritrovato solo e senza crediti in meriti erotici. Ora gli restavano la sua solitudine e la simpatia dei clienti quando si piazzava dietro il bancone con la maschera del suo mestiere che, però, gli dava soddisfazione, soprattutto quando lo chiamavano come barman acrobatico. Grazie alla sua altezza certi numeri dovevano fare un certo effetto e lui si applicava sempre con impegno, elargendo simpatia. Poi il dolore si affacciava di nuovo a tormentarlo con prepotenza.

«Ci sono riuscito!» Joris aveva aperto una minuscola falla

nell'intercapedine tra i due gusci di cui la cabina era composta, come due selle che si incastravano tra loro. Ma non ricevette complimenti per questo. Non aveva ancora tolto il tappo al lavandino. L'acqua defluiva goccia a goccia e il beneficio non era affatto scontato. Per lui invece era stata un'azione eroica. Nel fumetto nella sua testa aveva salvato un'intera scolaresca finita con lo scuolabus in un canale. Grazie al suo intervento, resistendo sotto la parte già allagata del mezzo, tuffandosi e rituffandosi, era riuscito a sbloccare il meccanismo di apertura e tutti si erano salvati. Grazie a lui e a lui soltanto.

Preso dall'entusiasmo, Joris continuò ad armeggiare con gli strumenti della borsa di Samuel, che forse dalla sua scomoda posizione sotto i sedili, infradiciato dall'acqua, si stava sforzando di gridargli di piantarla, ché quegli arnesi non erano giocattoli da mettere in mano a un imbecille. Ma il ragazzo non parlava con i morti, almeno non ancora, perciò non fermò la sua insana smania di svitare, forzare, rompere. L'eroe del suo fumetto, lo stesso che creava da anni dentro di sé, lo spingeva a proseguire nella ricerca di una soluzione migliore. Lui aveva il potere di cambiare le cose, di annientare i mostri. Sarebbe bastato liberarsi di tutto quel liquido dal venefico potere di ridurre in schiavitù chi se ne bagnava. Per questo Joris stava ben attento a non venire a contatto con l'acqua. Sarebbe bastato un movimento errato e l'acqua gli sarebbe schizzata addosso o entrata dentro le Nike, e per lui sarebbe stata la fine. La sua superficialità avrebbe condannato anche tutti i suoi amici a una vita da zombie al servizio dell'oscurità. Il suo eroe, agile e snello come una martora, con un ciuffo rosso sparato sulla fronte, sarebbe riuscito, appeso a un appiglio, a sabotare il meccanismo delle porte automatiche con un braccio solo.

Le due porte a vetro, che costituivano l'accesso della cabina, erano ancora in gran parte ricoperte all'esterno da quella sostanza grigiastra che Arlette era riuscita a far interagire con i suoi movimenti. Joris, preso com'era dalle sue fantasie, non si rese conto che la stessa sostanza si stava rigenerando di nuovo, sviluppando una gran quantità di bolle. Non solo, la schiuma sembrava seguire gli spostamenti del ragazzo.

Nel fumetto gli amici incitavano l'eroe a non mollare proprio adesso che occorreva spostare il grosso pannello di acciaio come ultimo atto. Sentiva l'adrenalina pompata a mille nelle vene per il desiderio di non deludere nessuno. Lui avrebbe dimostrato ancora una volta di essere il primo, il migliore, un vincente. Con uno scatto improvviso le due ante della porta scorrevole si spalancarono. Joris sorrise felice perché quel pannello aveva ceduto, alla fine. Si rivolse al suo pubblico di carta per sentirne gli applausi e si rese conto troppo tardi che stava precipitando verso il ghiacciaio. Il suo eroe forse avrebbe trovato l'escamotage di levarsi ancora una volta d'impiccio. Forse avrebbe aperto il suo mantello e avrebbe planato riguadagnando l'altezza grazie alle correnti ascensionali, o forse si sarebbe chiuso in sé dirigendo la caduta verso i cavi più in basso, dove si sarebbe aggrappato con una presa da trapezista. Joris, invece, lanciò un grido che durò parecchi secondi prima di scomparire.

Nella cabina ancora una volta le grida si sommarono in un'unica voce disperata. Le porte si richiusero automaticamente.

Arlette voleva raggiungere a tutti i costi la porta scorrevole. Carol la trattenne a fatica. Chiese aiuto. Ci si misero in tre a calmarla, mentre lei gridava sillabe sconnesse verso la porta con il braccio teso in quella direzione.

«Un altro incidente. Come è possibile? Un ragazzo.» Iris piangeva, e anche Maria. Marianne ripeteva «che cosa orribile» tra le braccia di Fabio. Persino René si lamentava come non avesse avuto le vene sature di eroina. Solo Barbara sembrava pietrificata in un'espressione del viso dura come l'infelicità che si portava dentro da lungo tempo. La situazione assurda che stava vivendo non aveva ancora modificato il suo atteggiamento, nonostante in genere gli eventi traumatici riescano a riscrivere le nostre vite.

La tesi di un incidente, a causa della situazione limite che li esponeva a rischi imprevisti, era stata accettata da tutti. Tutti meno Luca. Lui non ce la faceva ad accettare la morte del ragazzo. Troppo semplice. Nessuno sembrava rendersi conto di quali forze c'erano in gioco intorno a loro.

«C'è un'entità maligna là fuori che ci vuole uccidere tutti!» Si mise a urlare senza preavviso, passando da uno stato di quiete assoluta, immerso nel suo delirio di pensieri, all'esaltazione mistica più forsennata. «Non lo capite che si sta giocando una guerra tra due entità opposte e che in palio ci sono le nostre anime? Dobbiamo stare attenti a come muoverci per non fare il gioco delle forze oscure. Lo capite? Dobbiamo cogliere i segnali che ci possono arrivare da chi ci ama e sta combattendo per proteggerci. Unitevi alla mia preghiera. Chiediamogli di comunicare con noi, di non abbandonarci. Se dobbiamo pentirci dei nostri peccati per essere degni del suo aiuto, faremo ammenda. Se dobbiamo confessare le colpe per emendarci dall'impurità, così sia. Pregate con me, vi prego!»

Luca si inginocchiò sul pavimento ancora fradicio e si mise a pregare, sempre ostentando la sua croce d'oro da magnaccia dei Queens. Gli occhi che si posarono su di lui rimasero inespressivi, mentre Barbara scuoteva la testa. Avrebbe scagliato volentieri anche lui, giù dalla cabina. Tre uomini, di cui uno fuori gioco, e nessuno con le palle, a parte forse Fabio che si sforzava di essere il cavaliere senza armatura di Marianne. "Alla fine qui dentro l'unico vero maschio sono io." Sorrise e lasciò Iris nel dubbio di cosa ci fosse di tanto comico in uno che aveva sbroccato di brutto.

Maria non riusciva a compatirlo. Eppure di gente svalvolata lei ne aveva conosciuta tanta. Per come lo vedeva lei Luca era il tipico ragazzo di buona famiglia che deve dimostrare qualcosa alla sua cerchia sociale e allora per crearsi una credibilità si impegna in qualcosa. Diventa, per esempio, il leader di un gruppo di esaltati come lui, impegnati in una causa, buona o cattiva che sia purché generi una certa fama, il tutto senza correre troppi rischi perché con i soldi di papà si casca sempre i piedi. Ma poi alla prima vera difficoltà crollano come gelatine alla frutta.

«Questa non è una fregatura da poco, vero René?» domandò Maria al suo passe-partout per il Nirvana degli sbandati, come lei. René non capì il senso delle parole, ma accennò lo stesso. Tra poco gli sarebbe toccata un'altra dose.

Barbara era sempre stata conscia della propria virilità e non si stupiva se nelle situazioni critiche veniva fuori come un inturgidimento prepotente. Le sue erezioni lei se le sentiva così. Ma in questa circostanza c'era un fattore che la portava a essere ancora più lucida, che la spronava a non mollare. C'era Iris. Anche se più grande di lei i suoi tratti e i modi gentili la affascinavano. Ne era attratta e, a suo favore, avevano già stretto un patto di solidarietà. Era cosciente che da quello a quanto la sua immaginazione era capace di elaborare c'era un abisso. Ma Iris non si era sottratta ai gesti affettuosi. Non significava nulla, lo sapeva. Molte donne sono portate alle smancerie nei confronti delle amiche. Ma non lei. Le sue carezze erano sempre state avances, da quanto ricordava. Con lei funzionava così. Purtroppo il suo lesbian radar, ora che le avrebbe fatto comodo, non era altrettanto efficiente. Nei confronti di Iris restava muto. Niente segnali da quella parte. Non significava per forza resa su quel fronte, come la sua esperienza le suggeriva. Il suo radar però funzionava abbastanza bene con i maschi. Ad esempio ci avrebbe scommesso una scopata che quel René fosse gay, anche se non ci fosse nulla nel suo aspetto a suggerirlo. I suoi modi non erano affettati secondo stereotipi di genere e la sua gentilezza era quella di un qualsiasi barman professionista che sa stare al suo posto.

René si era accorto dello sguardo di Barbara che ritornava ciclico su di lui come la luce di un faro. In un primo momento si era allarmato riguardo alla sua condizione. Certi sguardi sanno condannarti a morte più di un bollettino medico. Ti rivelano la verità che nessuno si sente di dire. Forse lei aveva intuito che lui era spacciato. A breve i suoi reni avrebbero ceduto e sarebbe entrato in coma. Quegli occhi non esprimevano né compassione né pena. Solo constatazione. "No, forse non sono messo così male, dopotutto. Poveraccio, guarda com'è conciato, avrà pensato. Quella donna mi mette i brividi." Aveva scambiato solo poche frasi con lei da quando erano prigionieri in quella cabina, ma aveva avuto l'impressione di essere invisibile per lei, come certi clienti che vedono i lavoratori, come lui, un puro complemento d'arredo.

Instrumentum vocalis, ecco cos'era. Uno schiavo.

René il latino l'aveva appreso in seminario dove la famiglia l'aveva mandato quando aveva confessato di essere stato abusato dal garzone in birreria, il quale ovviamente negò l'accaduto. Con lui rimasto impassibile alle domande di chi voleva appurare la verità, prevalse l'idea che a discolpa del garzone forse c'era la tendenza giudicata contro natura della vittima. La via del sacerdozio era parsa una soluzione dignitosa per evitare la prospettiva di una vita scandalosa e inaccettabile per la loro piccola comunità.

In seminario però ci rimase solo un paio d'anni. Alla fine fu proprio la Chiesa a saperlo ascoltare, tanto da indirizzarlo altrove. La famiglia venne convinta a mandarlo in convitto lontano da casa, e quella fu la sua fortuna.

6.

«E se il povero Joris avesse avuto una buona idea e noi l'avessimo scartata a priori perché usciva dalla bocca di un ragazzo?» Marianne era pentita di aver considerato il giovane alla stregua di quelle bande di ragazzini idioti con la visiera del berretto all'indietro, che sfrecciano per strada e ti fanno venire il cardiopalma, tagliandoti la strada con i loro monopattini. Quel ragazzo si era trovato solo, chiuso in uno spazio angusto con un campionario di adulti e una bambina problematica, lontano dalla sua famiglia, dai suoi amici. Eppure si era dato coraggio e aveva reagito anche più degli adulti. Di certo più di lei. «A nessuno è venuto in mente che il drone potrebbe essere utilizzato per fare sapere al mondo quanti di noi sono ancora vivi, in attesa che vengano a salvarci?»

«Strano che non ci abbia pensato il ragazzo stesso...» disse Carol.

«Forse ha creduto inutile sacrificare il suo drone, perché non sarebbe riuscito a governarlo da quassù dopo che è stato danneggiato da Arlette.» Fabio mostrò il drone con la telecamera che era fuori uso. «L'obiettivo è andato. Kaput. È cieco.»

«Però potremmo fare un tentativo. Se riusciamo a dirigerlo verso la stazione forse potrebbero intercettarlo.»

«Chi sa usare questo coso?»

«Io ne ho uno che usiamo per la ricognizione delle aree che ci interessa proteggere.» Luca intervenne con un tono sensato, vuoi per l'effetto catartico delle preghiere, vuoi per una rinata speranza alla quale attaccarsi per la sopravvivenza.

«O per studiare dove piazzare le bombe.»

«...»

«Lascialo parlare Barbara.»

«Intanto fatemi controllare lo stato della batteria. Sì! Ha una batteria Lipo, hanno una lunga durata e lui non l'ha usato, perciò...»

«Trovate un pezzo di carta o qualsiasi altra cosa su cui scrivere e anche una penna. Dovremo inviare un messaggio. Lo farai tu, Barbara, sei del mestiere. Troverai le parole giuste.»

Barbara si attivò per utilizzare un foglio di carta che non fosse fradicio. Un cartoncino che avvolgeva dei biscotti era quello giusto. Penne e matite non mancavano, compreso il pennarello rosso prediletto. Questa volta Arlette fu più collaborativa. Lasciò che la madre frugasse nel suo zainetto con le Winxs e seguì il movimento del pennarello che dalla mamma passava a Barbara, senza manifestare alcun disappunto. Anche un elastico rosa con brillantini fece lo stesso tragitto. Sarebbe servito per fissare il messaggio a quell'improbabile piccione viaggiatore.

Luca provò a fare alzare il drone e a farlo volteggiare sulle loro teste. La manovra riuscì abbastanza bene. La fase euforica aveva preso piede su quella disforico maniacale mistica, e il ragazzo ora stava dimostrando competenza. La sua personalità nascosta, capace di sorprendere, si stava rivelando. Con molto buon senso fece notare che nonostante il drone potesse passare attraverso l'apertura, sarebbe stato più prudente farlo decollare dal tetto per non rischiare di commettere errori di manovra. Occorreva salire lì sopra. E doveva farlo lui.

Da quel che si poteva vedere nulla era cambiato. La nebbia era sempre lì, un grigio uniforme, statico, pesante. Si sarebbe potuto scambiarlo per il controsoffitto di un immenso capannone industriale.

«Stai attento Luca, ricordati di Samuel.» Iris era sinceramente preoccupata. Ci voleva coraggio a mettere la testa là fuori, e anche una buona dose di spavalderia. Luca però la sua tracotanza l'aveva abbandonata ore prima. Adesso tornava a prevalere il predicatore, colui che confidava negli angeli.

«Tranquilla Iris, non sarò solo. Confido nel Signore e lui saprà proteggermi.» Per quel nuovo tentativo si sarebbero dovuti inventare un numero di equilibrio da abili circensi. Luca sarebbe salito in collo a Fabio e quindi si sarebbe alzato sulle sue spalle, aiutandosi con la spinta delle braccia una volta fosse salda la presa sull'orlo dell'apertura. Quindi Barbara gli avrebbe passato il drone e il telecomando. Quale portata poteva avere il segnale del telecomando? Sarebbe riuscito a fare avvicinare il drone abbastanza da essere intercettato dalla stazione a valle? Il velivolo emetteva un debole segnale luminoso, ma bisognava essere a una distanza ravvicinata per poterlo captare a vista. Al primo tentativo Luca sferrò, senza volerlo, una ginocchiata alla testa di Fabio e si dovette ricominciare tutto daccapo. Fabio pretese quindi che Luca salisse scalzo per migliorare la presa. Al secondo tentativo tutto funzionò a dovere.

«Tutto tranquillo quassù!» disse a voce bassa. «Non c'è un alito di vento. Strano. Stai fermo Fabio, mi fai cadere il drone!»

«Non ti agitare tu. Così pesi il doppio. Non ce la faccio. Sbrigati!»

«Un ultimo sforzo e mi metto a sedere sul tetto.» Non era stato previsto che Luca si esponesse così tanto. All'interno gli altri si scambiarono sguardi sempre più preoccupati. «Da questa posizione però non riesco a vedere la direzione che prenderà il drone. Dovrete guidarmi voi.» Il drone si alzò di circa un metro, cioè più o meno alla metà dello spazio che separava la cabina dalla nuvola. Luca stette ben attento a che non si alzasse oltre perché non era auspicabile che entrassero in contatto. Non sarebbe stata una buona idea svegliare il can che dorme, sempre che dormire potesse significare qualcosa per quell'essere. Quindi indirizzò l'apparecchio verso sud-ovest e lo fece scendere alla cieca là sotto. Dall'interno Carol, Barbara e Marianne si alternarono a dare indicazioni, finendo anche per fare un po' di confusione, e alla fine si dovettero arrendere quando anche per loro la visibilità venne meno. Luca continuò a farlo scendere di quota fino a quando anche lui desistette. Il drone doveva essere atterrato già da un pezzo. A quel punto il telecomando, diventato inutile, venne scaraventato lontano. Ridiscendere in cabina fu più facile perché Luca si appese con entrambe le mani al bordo dell'apertura, e si lasciò andare quando sentì le braccia robuste di Fabio cingergli le gambe.

Dunque non era avvenuto nulla di grave. Luca era incolume e la cosa andò a suo appannaggio perché da quel momento gli angeli, che lo avevano protetto e vegliavano su di lui, divennero il suo unico ritornello.

Barbara nel suo scritto aveva chiesto che, in caso di ricezione, il messaggio venisse confermato con una risposta precisa. Dovettero attendere a lungo, ma alla fine accadde qualcosa di insperato. Forse c'era voluto del tempo per procurarsene uno, ma l'attesa terminò quando tutti videro la scia di un razzo di segnalazione percorrere la sua traiettoria poco distante dalla cabina.

Ci furono momenti di pura esaltazione per il successo. Il merito venne spartito equamente, anche se il fatto che la stazione di partenza fosse stata illuminata di nuovo già da un paio d'ore, era stato di grande aiuto per il successo dell'operazione. Per

Fabio il fattore C aveva giocato un grande ruolo, e per Luca si era trattato dell'intervento divino, tuttavia alla fine laggiù sapevano di loro, delle perdite avute e dei loro timori, e lassù ora erano consapevoli che c'era chi avrebbe continuato a lottare per salvarli.

«È possibile che dopo quanto è avvenuto durante quella battaglia in cielo, laggiù avessero perso le speranze di ritrovarci vivi?» domandò Iris tanto per parlare.

«No, direi di no mia cara. Qui abbiamo sempre avuto luce, grazie a dio, e quindi dovremmo essere più o meno visibili dalla stazione con un paio di binocoli. Perlomeno come ombre. Questi vetri sono troppo sporchi.» Barbara riusciva a essere sempre razionale senza cedimenti, al contrario di Iris.

«Questo vuol dire che se facciamo ampi gesti di fronte ai vetri loro potrebbero notarlo? Se è così potremmo trovare il modo di comunicare.»

«Ma l'abbiamo appena fatto. Il mio messaggio sarà stato letto con attenzione, stanne certa. Piuttosto siamo noi che non riusciamo a ricevere i loro messaggi. È una comunicazione a senso unico.»

«Mi sembra che ci sia movimento laggiù. Forse stanno ripristinando i proiettori. Ma a che servirebbero... Abbiamo già visto che fanno solo irritare i nostri vicini del piano di sopra. E poi i vetri sono così lerci che non si vede quasi niente, se non giusto dalla fessura di quel vetro incrinato.»

La cabina subì degli scossoni, un singulto dietro l'altro, accompagnati da uno stridio metallico sopra di loro.

«Stanno cercando di far muovere il cavo trainante!»

Carol accompagnò le parole con uno scatto verso la botola per vedere se fosse riuscita a intravedere i cavi. Arlette le stava al fianco tenendo stretto un lembo della giacca a vento.

«Lo sapevo che si sarebbe dato da fare!» L'unico che avrebbe potuto aiutarle era Dario. Anche per Arlette doveva per forza essere così. Per lei il suo papà era tutto. Era l'eroe. E per Carol era una consolazione sapere che la salvezza poteva avere un viso conosciuto, amato, almeno un tempo.

Gli occhi erano tutti rivolti a quei cavi che vibravano sotto il grigio soffitto di nuvole o di qualunque altra sostanza fosse fatta quella cosa. Erano ancora bloccati come catene di ancore incagliate in un mare di nebbia. Lo sballottio della cabina durò a lungo senza che si fossero spostati di un centimetro. La consapevolezza della precarietà della loro situazione aveva generato un comune stato di ansia. Quando i rumori cessarono, inghiottiti dal muro di silenzio che solo la nebbia sa alzare, lo sfinimento prese nuovamente il sopravvento. Intanto dalla valle tornarono a falciare l'aria le luci gialle da contraerea.

Barbara fu contenta che Iris si appisolasse sulla sua spalla. Tentò di fare altrettanto. Appoggiò la guancia sui suoi capelli, avvertendo la sensazione di piacere per la loro consistenza sottile, quasi setosa, e un profumo di buono. Maria aveva approfittato del momento di stanchezza generale per preparare una dose abbondante da condividere con René che, nonostante le bruciature e il nerofumo, aveva assunto un pallore grigiastro, l'espressione smunta e tirata. Seguiva i gesti misurati di Maria e la guardava con la stessa speranza con cui i fedeli contemplano la Madonna. Luca, anche lui appisolato, farfugliava qualcosa con gli occhi chiusi. Le sue preghiere non si rivolgevano alla Madonna ma di sicuro a qualcuno più potente. Lui interpellava direttamente il numero uno, perché era quello che faceva di norma quando c'era da trattare una questione. Lui era uno che stava in alto nell'ordine sociale e doveva trattare solo con chi contava davvero.

La madre lo costringeva a pratiche che non erano proprio ortodosse nel mondo contemporaneo, ma che sarebbero state guardate con ammirazione in tempi bui. Succedeva che il Luca bambino, educato da un sacerdote lefebvriano, dovesse spesso pentirsi dei suoi peccati con punizioni pesanti, proporzionate alla colpa. Una volta, quando la madre lo scoprì a masturbarsi, Luca dovette passare la notte nudo in cantina con la minaccia che i ratti gli mangiassero il pisello attratti dallo sperma, secondo quello che gli veniva detto. Dovette poi portare delle mutande di contenimento, un cilicio insomma, una vera e propria tortura. Si ricordava molto bene, poi, dei digiuni e delle preghiere da recitare a voce alta sul pavimento della cappella privata. Erano tanti i ricordi. E tutti erano serviti a fargli comprendere quanto Dio tenesse a lui, e la necessità di riscattarsi dal peccato originale. In questa tragica occasione gli era stata data forse la prova per farlo e doveva impegnarsi per non deludere il Signore. Nulla avviene per caso. Forse tutto questo stava accadendo per lui che era stato predestinato a sopportarne il peso.

Fabio prese coraggio di baciare Marianne per la prima volta. La cabina era illuminata debolmente, ma si percepiva una maggiore intimità, come se ognuno badasse ai fatti propri. Gli occhi di Marianne, che lo guardavano in cerca di conferme e di protezione, lo spinsero a cercare quella stessa protezione per sé. L'amore riesce a colmare le lacune che danno senso alle cose, persino all'insensatezza di ciò che stavano condividendo.

"Che stupida", pensò Marianne. Lui si era presentato come Fabio e lei gli aveva risposto con un «piacere Huber». Era un lato antipatico del suo carattere, quello di diffidare delle persone che non conosceva. Una difesa istintiva. Le veniva così, senza farci niente. Respingeva gli uomini da quando, giovanissima, si era fidanzata con Eric. Un atteggiamento infantile e maschilista quello di far subito sapere agli altri uomini «gira al largo, riserva di caccia». Ma Fabio piaceva a Eric, e quindi lo incontrò altre volte, sino che la loro diventò un'amicizia consolidata. Si domandava se Fabio fosse stato attratto da lei sin da subito, una curiosità che sperava di togliersi presto. Anche lui soffriva come lei la perdita e il lutto di Eric. Invece di unirli l'incidente li aveva divisi. Il senso di colpa l'aveva prostrata, ma non si era ammalata di nervi come avrebbero fatto le persone normali. Lei si era buttata a capofitto sulla cosa che le riusciva meglio, lo sci agonistico. C'era spazio solo per quello. Non rivide Fabio per almeno un anno, benché lo sentisse spesso tramite cellulare e social. E d'altra parte anche lui conviveva con il suo personale senso di colpa per essersi spinto oltre nei confronti della ragazza dell'amico.

Negli ultimi tempi però si erano di nuovo riavvicinati e non c'era più motivo di inventarsi alibi per non cedere alla vera natura del suo sentimento. Sapeva che erano prossimi all'aprirsi l'uno con l'altro e questa situazione illogica, al limite dell'assurdo, stava dando una grossa mano in tal senso. Costringere poche persone in uno spazio ristretto le portava a rivelare il peggio di sé, ma dal suo punto di vista pareva il contrario, perché si era subito affiatata con gli altri. Forse perché gli sportivi tendono a fare squadra o forse perché quella poteva essere l'occasione per riscattarsi dalla paura che le aveva impedito di salire su quel deltaplano con Eric e condividere con lui lo stesso tragico destino.

Carol lottava contro il sonno e sorvegliava con un occhio Arlette, l'unica davvero sveglia e pimpante nella cabina.

Una svolta inattesa impedì loro di riprendersi del tutto. E anche questa volta la minaccia venne dall'alto.

La luce dei led si affievolì così tanto da lasciare visibili solo dei punti luminosi dietro a pannelli di plastica. Era già accaduto, perciò non si creò alcun allarmismo, era come se si fosse passati a una improbabile modalità notturna, così da permettere maggiore distensione e riposo.

Dall'apertura della botola ancora una volta scesero rapidi dei filamenti, ma questa volta più simili a sottili fibre ottiche in movimento. Seguivano l'andamento delle pareti e degli oggetti che incontravano in ogni direzione, inavvertiti dai passeggeri che attribuivano l'effetto all'atmosfera surreale dei potenti fari antiaerei, e alle palpebre che non ce la facevano proprio a restare sollevate. Solo Arlette ne era cosciente. Sorrideva soddisfatta. Percorreva le superfici con la mano e di quando in quando il suo tocco sprigionava una luminescenza da creatura abissale. Quando quei lunghi filamenti raggiunsero il fondo, proseguirono sul pavimento intessendo una fitta trama semitrasparente. Maria si era accorta del fenomeno, ma a causa della droga in corpo non aveva un'idea precisa di ciò che fosse reale e cosa non lo era.

Marianne e Fabio si erano appisolati l'uno tra le braccia dell'altro e costituivano un bozzetto romantico che strideva con il resto, troppo fuori posto. Finora si erano sempre incrociati come amici e non avevano avuto modo di immaginare un futuro insieme, né tantomeno di fantasticare sulla loro storia. Quella era stata l'occasione giusta per farlo. In fondo era stato sufficiente aprirsi, rivelare il sentimento e attendere.

Barbara era assopita e stava sperimentando una delle sue solite visioni da paralisi del sonno. Sapeva che per farla sparire sarebbe bastato allungare una mano e accendere una luce abbastanza forte da scacciare tutto quanto. Ma qui non era nella sua camera da letto e non c'erano interruttori a portata di mano. Avrebbe potuto svegliare Iris, la quale a sua volta avrebbe risvegliato lei, riportandola alla realtà. Ma l'idea di essere presa per pazza glielo impediva. Decise quindi di chiudere gli occhi e ignorare la visione.

Sono una donna forte, si disse, come è venuta se ne andrà, come al solito.

Quando riaprì gli occhi si aspettava di essere non solo vigile ma del tutto sveglia. Invece quello che vide rimise in discussione tutte le sue esperienze trascorse e la fatica fatta per superarle, accettarle o semplicemente farsene una ragione. Le fibre si erano schiarite, percorse da una luce giallo paglierino, e sulla punta estrema mostravano un punto luminoso bianco azzurrino. Tuttavia la cosa più impressionante era ciò che stava succedendo accanto a Maria: le fibre avevano avvolto René avviluppandolo in una sorta di bozzolo luminoso. Mentre altrove la luce si spengeva, quella forma risplendeva con un'intensità tale da riuscire a ferire la retina. A quel punto si erano risvegliati anche gli altri, spaventati e increduli.

«Arlette, amore mio!» gridò Carol. La bambina saltellava sul sedile accanto a quella massa luminosa e applaudiva tutta eccitata.

La luce in cabina tornò di colpo e le fibre sottili si dileguarono all'istante risucchiate là da dove erano partite. Su quella fila di sedili restava un grande bozzolo grigio cenere dalla forma irregolare. L'urlo di Maria, che alla fine aveva compreso, fece trasalire chi non era ancora del tutto conscio della situazione. Luca in particolare.

«Il Male si è impossessato di René e adesso uscirà di lì con un suo corpo di carne. È qui per ucciderci e portarci con sé all'Inferno.»

Barbara trovava la sua bipolarità irritante. Lo preferiva nella versione figlio di papà arrogante e saccente. Ma questa sua avversione e antipatia per quel giovane se non altro era servita ad abbassare la tensione dentro di lei e a indurla ad agire. Scattò per prima. Afferrò Arlette e la consegnò nelle braccia di Carol, quindi si mise a esaminare quella materia informe. Per non sembrare meno coraggioso, anche Fabio si fece avanti.

«Credi che René sia ancora vivo?» Lo chiamò più volte ad alta voce. «René se mi senti fai qualcosa. Parlaci!» La massa rimase nello stesso stato di quiete.

«E se non ci fosse più lui, ma qualcos'altro? Luca è disturbato ma non del tutto scemo. Se qui dentro ci fosse un mostro?»

La parola mostro bloccò il respiro a Iris.

«Per l'amor del cielo fate qualcosa! Se fosse vivo! Lo volete lasciare in questo stato?» Nella sua fragilità Iris dimostrava di essere intraprendente quanto gli altri, se occorreva. Si avvicinò a Barbara con un coltellino ricurvo che usava per i suoi pasti all'aperto. L'idea era stata la sua ma non si sarebbe spinta oltre. Non avrebbe retto. Ora toccava alla sua amica proseguire. Barbara prese il coltello e restò titubante per qualche secondo. C'erano cose che neppure lei avrebbe affrontato. Un alieno, per esempio.

«Dammi, faccio io.» Fabio agì in fretta, per non avere il tempo di pentirsene. Incise la superficie del bozzolo. La superficie si dimostrò fragile e inconsistente perché si sbriciolò davanti a loro come fosse fatta di cenere. Tutti rimasero senza parole, incapaci di cogliere un senso in quello che la realtà mostrava ai loro occhi. Dall'ampio squarcio si intravvedeva l'interno dove non c'era nulla. René si era dissolto. Di lui non restava alcuna traccia. «So che pensate come me che sia stato carbonizzato, o forse incenerito da quell'energia che abbiamo visto tutti, ma allora all'interno dovrebbero esserci delle ceneri, non vi pare? Se c'è una cosa che ho imparato a scuola è che una legge dell'intero universo afferma che nulla si crea, nulla si distrugge, e tutto si trasforma. Ecco qui non c'è nulla e la materia non si trasforma in nulla.»

«E perché quel tuo creatore avrebbe dovuto fare del male a

René, sentiamo?» Maria era fuori di sé. Scoppiò in lacrime e solo Carol riuscì a calmarla.

«Non sappiamo se gli è stato fatto del male, Maria. Sappiamo solo che è scomparso, volatilizzato se preferisci, ma non ci sono prove della sua morte.»

«Uno dopo l'altro» ripeteva Luca con l'aria di vaticinare la sua stessa fine. «Uno dopo l'altro moriremo tutti.»

Per non perdere la lucidità ancora una volta Barbara si estraniò dalla discussione. Se avesse avuto i coglioni se li sarebbe toccati.

Maria si disperava perché, pur avendo visto tutto, non era riuscita a intervenire.

«Anch'io ho visto e non ho potuto fare niente» disse Barbara, tacendo sulla sua patologia dissociativa. Chi ricordava qualcosa, anche solo delle sensazioni, volle contribuire a ricreare la scena, perché il coinvolgimento emotivo è essenziale in questi frangenti. Si deve fare gruppo. Ci si deve difendere come fanno i banchi di pesci negli oceani che si muovono in masse compatte per scoraggiare la ferocia dei predatori.

«Dobbiamo cogliere i segnali e farne tesoro.» Luca si era alzato in piedi e parlava rivolgendosi al soffitto della cabina. Di nuovo in piena crisi mistica. «Se il Male ci volesse solo morti, potrebbe farlo facendo precipitare la cabina. Tutto si risolverebbe in un attimo. Invece ci prende uno a uno. E perché lo fa? Per permettere agli altri di riflettere sui propri peccati e di pentirsi. E in questo c'è l'imposizione del Bene, perché il Signore concede al suo nemico di manifestarsi, ma non gli concede di prendersi le anime senza condizioni. Ci viene data una possibilità. Non sprechiamola. Pregate e pentitevi.»

Fabio lo fece sedere senza tanti complimenti e lui obbedì senza fare resistenza. Il discorso lo aveva sfiancato.

«Ragioniamo...» Fabio non aveva mai avuto l'attitudine del leader. Preferiva lasciare le decisioni agli altri, mentre lui si prendeva tutto il tempo per agire e organizzarsi nel caso fosse stato necessario correggerne il tiro. In quella situazione, invece, sentiva di avere una responsabilità in più, non solo verso se stesso, ma anche verso Marianne. In poche ore il suo interesse verso la persona da cui era sempre stato attratto si era trasformato in un bene da difendere con ogni mezzo e si aspettava di vedere ancora crescere il suo sentimento. Marianne in quel momento era lo scopo della sua vita. Nulla lo avrebbe spinto di più a vivere e lottare come l'immagine di lei che lo guardava in quel modo.

«Luca ha ragione, quando fa notare che stiamo morendo uno alla volta, a parte i coreani che però erano una coppia molto unita, a quanto pareva. E tutti abbiamo visto che c'è qualcosa oltre queste pareti, una cosa che ci osserva, ci studia, ci controlla e forse cerca anche di interagire con noi. Non dico comunicare, perché chi comunica non ti uccide. La domanda è: che cosa vuole da noi? Per lei siamo cavie di laboratorio? Ci sta prelevando come lo scienziato che viviseziona i topolini, estraendone uno dalla gabbia dopo che ha fallito con il precedente? Questo siamo per lei?»

Iris si stringeva le spalle e singhiozzava. «Se fosse come dici, sarebbe meglio farla finita subito. Le cavie non hanno abbastanza coscienza da liberarsi dalla loro condizione, ma noi sì. Maria, rispondi sinceramente, hai abbastanza droga da farci morire tutti dignitosamente?»

«...Sì, anche di più.» Maria rispose con un filo di voce quasi distaccata, con i pensieri che stavano rivolgendosi all'altra condizione possibile, quella che li avrebbe visti alla fine liberi da quell'incubo.

«Se però non fosse così, se ci fosse un'altra spiegazione, allora dovremmo darci da fare per trovarla. Se questa entità venuta chissà da dove non sapesse raccapezzarsi in questo mondo? Se le apparissimo così diversi da non sapere da che parte cominciare per stabilire un contatto? Se non ci fosse davvero un'intenzione malvagia in ciò che fa, ma solo goffi tentativi di una mano inesperta? Non dovremmo cercare di farle capire che per la nostra sopravvivenza è necessario che prenda le distanze da noi, almeno per il momento?»

«Sì, ma in che modo?»

Iris non aveva la risposta, così scrollò la testa sconsolata.

Nessuno poteva avere una tale risposta. Bisognava solo aspettare.

«C'è sempre Arlette da tener in considerazione.» Fece notare Barbara. Lei l'aveva vista chiaramente muoversi a contatto con quelle fibre. «È come se avesse sviluppato una qualche immunità nei confronti di quella cosa.»

«È vero, mia figlia non sembra più lei. È felice quando si avvicina a loro. E non ne ha paura, anzi. Non pensate che Arlette viva in un mondo a parte. Lei vi segue e vi capisce anche se non sembra. Voglio dire, non è incoscienza la sua. Lei sa bene quello che fa.»

«Perché hai detto loro? Sono in tanti secondo te? Perché non una sola entità? Che cosa te lo fa pensare?» Marianne era rimasta scossa dalla fine di René, ma si era persa tutto lo show di luci di cui gli altri parlavano e non capiva. Era terrorizzata alla sola idea di essere in balia degli alieni, e le sembrava assurda l'idea di tentacoli che li prelevavano, come accadeva in quei film degli anni '50 dove i mostri venuti dallo spazio venivano visti come grosse piovre con un occhio solo iniettato di sangue. Tutta questa storia era assurda, e le testimonianze degli altri passeggeri non le piacevano per niente.

«Loro, uno, che differenza fa? Non sappiamo neppure se hanno una biologia come la nostra o magari anche solo una biologia. E alla fine non sappiamo neppure se siano davvero extraterrestri o siano invece il prodotto di qualche esperimento qui, sulla Terra.»

«Questo lo escluderei.» Barbara si introdusse nella discussione. «Noi tendiamo a sperimentare per ottenere armi biologiche, a modificare il clima. Manipoliamo il DNA. Siamo capaci di creare esseri mai esistiti a partire dagli elementi di base che hanno creato la vita, ma arrivare a creare tutto questo... capace di distruggere un'intera flottiglia di mezzi aerei... mi sembra davvero esagerato.»

«A proposito, avete sentito di nuovo il rumore di elicotteri?» Carol se ne era accorta solo perché Arlette si era messa a sedere accanto al grande vetro danneggiato, allungando il collo per avvicinare l'orecchio a quella losanga che lo incideva. «Se stati zitti e attenti sentirete il rumore delle pale. Però questa volta sembra che si tengano a distanza.»

Carol aveva cercato invano di indurre Arlette a dormire un po', anche per non doverla controllare di continuo per il timore che commettesse qualche altra sciocchezza. Alla fine era riuscita a mettersi accanto al vetro, tranquilla, con in mano il suo libricino da colorare e un astuccio con alcuni pennarelli e pastelli a cera. La piccola era però sempre distratta a causa di ciò che succedeva all'esterno. Carol non era preoccupata che la scena della schiuma potesse ripetersi. Al contrario, tutto sommato quella era stata un'esperienza innocente, che aveva lasciato solo un vetro sporco, ingrommato di una sostanza che ora si era seccata.

L'idea che proprio sua figlia potesse essere d'aiuto si stava facendo strada nei suoi pensieri, anche se gli altri parevano scettici di fronte all'ipotesi che Arlette avesse un rapporto privilegiato con quell'entità là fuori. Lei conosceva bene sua figlia, il suo comportamento era strano, quasi esaltato, ma mostrava di sapere molto bene quello che era giusto fare. Se quella cosa si fosse presentata di nuovo in modo pacifico, non avrebbe impedito ad Arlette di interagire con essa. Sarebbe rimasta vigile, nel caso si fosse presentato qualche pericolo, ma per il resto non si sarebbe frapposta tra lei e la cosa. Era solo un'intuizione, ma quale altra alternativa poteva esserci? Oramai stavano raggiungendo il limite di sopportazione. Come sarebbe andata a finire? Lo spirito di conservazione serviva a poco in uno spazio ristretto, dove tutto quello che si poteva fare era attendere la prossima mossa di un essere che sembrava giocare a minare la loro resistenza, come in una guerra di posizione. Solo che qui le armi ce l'aveva solo l'alieno. Loro tutt'al più potevano essere dei conigli rintanati in cunicoli con il terrore di essere stanati col fumo.

Arlette guardava fuori, anche se il vetro lasciava trasparire ben poco. Poi tornava a disegnare con impegno. Calcava la mano, si fermava un attimo e poi riprendeva con maggiore vigore. Avrebbe consumato tutti i colori in poco tempo, continuando così.

Seduta sull'erba appena rasata dal suo papà, Arlette dipingeva senza stancarsi mai. Poi lasciava i suoi lavori vicino ai genitori. Non glieli consegnava in mano. Tornava a disegnare oppure a sfogliare quei grandi album con stampati gli animali della Terra. Alcune pagine erano lasciate in bianco con gli animali solo tracciati. Carol si domandava perché suo padre si ostinasse a regalarglieli, visto che lei odiava colorarli. I suoi disegni erano espressivi a tinte forti, spesso astratti, incomprensibili, simbolici. Non dubitava che se si fosse trovata la chiave di lettura avrebbero capito tante più cose di lei. Il più delle volte però dipingeva quello che vedeva: fiori, prati, bambole, il loro gatto, i genitori. Non disegnava mai gli estranei, né i compagni della Public School for Children With Autism, non gli insegnanti, mai le persone, solo animali, compresi gli insetti, e la natura.

Carol era felice in quei momenti. I ricordi di giornate serene all'aria aperta erano tutti scaldati dal sole: le corse tra le dune sino ad arrivare a lambire le onde dell'oceano; le prime lezioni di equitazione, perché l'ippoterapia vedeva una Arlette raggiante di gioia; le passeggiate nei boschi dove la bimba non si stancava mai di osservare tutto e dove aveva imparato subito a non toccare l'edera velenosa, ma da dove non veniva mai via senza fare un po' di bizze, perché non si voleva staccare dall'ultima cosa che aveva visto.

Mentre Arlette disegnava e colorava senza staccare quasi mai il pennarello, Carol cercava di sbirciarne il lavoro. Ma la piccola se ne accorgeva subito e girava il foglio restando immobile. Bisognava aspettare la fine, come sempre. Presto si sarebbe avvicinata e, facendo finta di niente, avrebbe posato il foglio sul sedile accanto, per poi sparire di nuovo. Questa volta però sembrava non finire mai, assorta in un lavoro di grande impegno. Girava la testa da una parte, guardava e riguardava il disegno con il pennarello tra i denti, poi poco convinta lo girava di lato e riprendeva con la solita enfasi. Non si accorse neppure di una luce accecante che aveva per un attimo illuminato la notte.

Era l'ennesimo razzo di segnalazione, sparato da chissà chi e a quale scopo. Volevano intimorire quelli di sopra? Improbabile.

Volevano far sapere ai sopravvissuti che laggiù li pensavano?

Grazie tante, per quello i proiettori erano sufficienti.

Come previsto Arlette si alzò e andò a posare il disegno accanto alla mamma, avendo cura di girarlo. Quando Carol lo vide rabbrividì.

7.

Un cerchio su un fondo nero e, al suo interno, figure umane disegnate in grandezze diverse e in posizioni casuali. Alcune figure avevano orecchini sproporzionati. Sarebbero potute essere donne, ma anche gli uomini portano orecchini. Una figura indossava una gonna, ma anche per quello si sarebbero potute fare illazioni. Forse si trattava di una cappa o di un grembiule. I capelli erano tutti della stessa misura sparati in tutte le direzioni. Erano umani. I particolari lo chiarivano. Indossavano abiti: giacche, pantaloni, scarpe. In una figura erano esaltati i bottoni della giacca. In un'altra una tasca con uno stemma. In un'altra ancora gli stivali erano alti, quasi da cowboy. Ciò che però lasciò Carol senza fiato fu lo strano intreccio di fili rossi che univano i corpi delle figure alla circonferenza del cerchio. La prima impressione faceva pensare al sangue che scorre nei tubicini durante le trasfusioni, ma avrebbero potuto essere benissimo fili, cavi o simili. "Dove ha mai visto Arlette una roba simile?" pensò. Ma non si poteva mai dire. Arlette era una bimba curiosa, e a casa aveva abbastanza libero accesso alla libreria di famiglia. Anche alla tivù avrebbe potuto vedere qualche serie di medici al pronto soccorso. Di sicuro Arlette ne aveva viste insieme a lei, dato che erano la sua passione. L'unica cosa che sua figlia non aveva era uno smartphone personale. A sette anni era prematuro anche solo parlarne. Molti genitori mettono in mano ai figli i cellulari prima ancora che imparino a camminare, ma sia Dario sia lei erano contrari. A scuola però la didattica prevedeva l'uso di un tablet, che restava di norma confinato nel suo stipetto. Come sarà stato usato lei poteva solo immaginarlo. Era possibile che durante qualche lezione Arlette avesse visto immagini che l'avevano turbata, come di ammalati collegati con fili e tubicini, simili a quelli che ora aveva disegnato. Solo che questi erano scomposti e fluttuanti in un liquido. E poi perché ora, perché ricordarsene proprio adesso? Inoltre le figure umane avevano occhi grandi, sgranati.

Arlette disegnò ancora a lungo. Al di là dei monti si poteva indovinare un cielo più chiaro a indicare il prossimo sorgere del sole e la fine di un incubo notturno. Carol osservò altri disegni, tutti con un uso esasperato dei colori. "Come fa a immaginare certe cose?" In un disegno alcune linee dipartivano a raggiera da un punto dove Arlette aveva praticato un grosso foro. In un altro c'era lo stesso cerchio con degli scarabocchi al centro, che potevano essere tanto umani quanto ragni. Dalla circonferenza si snodavano linee sottili di vari colori che ricordavano le fibre già viste. Carol mostrò i disegni a Iris, che come ex insegnante poteva forse capirci qualcosa più di lei.

«Mia cara, se non ci capisci nulla tu che sei psicologa, figurati io che ho trascorso tutta la vita a dire this is a table.» Iris in realtà aveva insegnato letteratura inglese in un liceo dopo aver vissuto a lungo a Bristol, dove lavorava come lettrice all'Università, ed era una fine conoscitrice della letteratura inglese contemporanea. Le sue competenze andavano ben oltre la sua modestia, ma la totale mancanza di ambizione in un carattere schivo come il suo non le avevano permesso di fare carriera accademica tra tanto testosterone. «Se comunque posso dirti la mia, Arlette ha grandi capacità espressive. Se poi, come vorresti sentirti dire, dietro questi tratti ci sono delle visioni di quella cosa che ci tiene segregate, non mi sembra che ci sia da stare allegre. Guarda queste persone come sono totalmente in balia del cerchio.»

«Non vi è passato per la mente che Arlette possa comunicare attraverso una sorta di impulsi telepatici?» Fabio si era inserito nella loro conversazione dopo aver sbirciato i disegni. «Insomma è difficile da accettare, ma dobbiamo pur dare un senso al suo modo di agire. Se non è telepatia è una specie di intuizione, oppure a lei sono state mostrate cose che a noi sono state negate. Pensatela come volete, ma la bambina ha una marcia in più rispetto a noi. Tu, Carol, non puoi farti dire di più da lei?»

«No. No, se non vuole. Dev'essere lei di sua libera iniziativa. Posso solo stimolarla. E infatti con il disegno qualcosa è venuto fuori. Ma insistere sarebbe inutile.»

«Perché proprio lei?»

«Non faccio altro che chiedermelo. Magari perché è quella tra noi più aperta a qualsiasi novità, senza remore o paletti per la paura. Di fronte al nuovo lei si stupisce e si entusiasma. O forse il suo cervello è strutturato meglio dei nostri per ricevere messaggi che non siamo in grado di percepire. Ma ci dev'essere una ragione per tutto questo.»

I contorni delle montagne cominciavano a stagliarsi su un pallore di luce rosata. Dall'altra parte il grigio plumbeo impediva di distinguere ogni cosa. All'interno della cabina la luce a led stancava gli occhi dei passeggeri, che già faticavano a tenere le palpebre sollevate.

Arlette intanto era passata dai disegni del blocco notes alle pareti della cabina su cui aveva deciso di usare i colori a cera per i suoi murales. Si era messa di impegno con un'energia che solo i bambini hanno, proprio quando gli adulti crollano di fronte alla stanchezza.

Disegnava ampie spirali destrorse e sinistrorse, alternate ad avvolgimenti a elica di altre figure fitomorfiche. Quando il disegno si sviluppò in ampiezza, il quadro d'insieme risultò affascinante. A Barbara ricordava le pitture rupestri astratte di Porto Badisco, e ancora di più le spirali uncinate del tempio di Hal Saflieni a Malta. Qui però non dominava l'ocra rossa, bensì tutte le tonalità dal celeste pallido al blu notte.

Era una scelta precisa perché Arlette aveva diversi pastelli a cera sulle tonalità del rosso.

Barbara si accostò a Carol, sorpresa quanto lei, e le chiese: «Che ne pensi?»

«Che è come un crescendo. Non capisco. Tra poco disegnerà la Sistina. Guarda come è presa dall'ansia di andare avanti. Sono preoccupata. Ho tentato di distoglierla, ma mi si è rigirata contro.»

«Secondo me sta dipingendo la volta celeste o meglio l'universo di stelle. È come se volesse dirci che lì troveremo le nostre risposte.»

La cabina cominciò a muoversi alle prime luci dell'alba.

Questa volta non si trattò di pochi scatti che producevano solo rumore e spavento. La cabina singhiozzava come aveva già fatto in precedenza, ma adesso si muoveva davvero verso l'alto. Il gruppo provò forse per la prima volta la sensazione precaria di trovarsi sospesi in aria su un mezzo che offriva poche garanzie. La cabina vibrava e si scuoteva, mentre da sopra il carrello emetteva crepitii degni di un film horror. Però procedeva a scatti verso la stazione di arrivo.

«Ce l'hanno fatta!» Luca si era scosso il torpore di dosso e c'era da scommettere con quale delle sue facce si sarebbe ripresentato. «Lo sapevo. Ci sono riusciti. Abbiamo fatto bene a tenere duro ragazzi! Avete visto, alla fine chi ha fede riesce sempre a spuntarla.»

«Se fossi in te non canterei vittoria. Siamo ancora a metà strada e questa trappola si muove come l'auto di un imbranato alle prime armi.» Barbara provava per lui un disgusto fisico e non ci poteva fare nulla. «E poi di chi è il merito, delle tue preghiere, del tuo dio o dei tecnici che provano a tirarci fuori di qui?»

«Dovresti avere più rispetto per Nostro Signore» rispose.

Accompagnò le parole con un bacio alla croce d'oro.

Alla sua consueta velocità di crociera la cabina di norma impiegava una decina di minuti per arrivare a destinazione. Ma con quell'andamento invece, calcolando che si trovavano a metà percorso, ce ne sarebbero voluti almeno il doppio. Se non ci fossero stati altri intoppi. Ma c'era un particolare che inquietava il gruppo superstite dei passeggeri: lassù, da quel poco che si intravvedeva a causa della sporcizia dei vetri, l'intera stazione spariva nel vapore acqueo della nuvola, sempre più scura e minacciosa. Luca volle essere aiutato da Fabio a mettere il naso fuori dall'apertura.

«A me non succederà niente, vedrai.» Fabio cedette alle insistenze solo per farlo tacere. "Tanto se crepi vai in Paradiso", pensò. Farlo salire sulle spalle da solo era un numero da circo e le sue spalle ora erano doloranti. Fabio si sentiva spossato. Barbara era l'unica, insieme a Marianne, in grado di dare una mano, ma non ci pensava nemmeno. Se non c'era almeno l'eventualità che venisse divorato dall'alieno, non ci sarebbe stato alcun gusto. Alla fine per meno di un minuto Luca poté fare la vedetta e tutto sommato si rese utile in qualcosa.

«Si vede solo la parete della montagna e presto ci infileremo dentro alla nuvola.»

«Dentro la nuvola?» Iris si sarebbe messa lei a pregare ora, se avesse avuto un barlume di fede. «Sì, sopra è sempre la stessa, piatta e grigia, ma più avanti si piega verso la parete. Stiamo salendo proprio verso di lei. Voglio scendere!»

«Saranno stati avvertiti che stiamo arrivando?» Maria realizzò che avrebbe dovuto rendere conto di tutto a Werner e non era sicura di voler essere tratta in salvo.

«Che domanda. Il sistema è computerizzato, ma anche se non funzionasse vedrebbero che si è messo in moto e che i cavi stanno girando. Sono come un anello perpetuo. Le cabine sono agganciate alla fune con delle morse. Devono arrivare per forza e di certo sanno che questa cabina è partita.» Carol parlava mostrando competenza. Dario le aveva fatto una testa così da quando era andato a prenderle all'aeroporto internazionale di Malpensa.

Arlette era pimpante come si fosse appena svegliata, pronta per la sua colazione preferita a base di *scrumbled eggs* e *pancakes* con tanto sciroppo di acero e succo di ananas. Cantava una canzoncina e gesticolava con le mani. Le protendeva strusciandole avanti e indietro, e poi contava con le dita sino a cinque. «*Zoom, Zoom, Zoom. We're going to the moon. If you want to take a trip, Climb aboard my rocket ship. Zoom, Zoom, Zoom. We're going to the moon.* 5, 4, 3, 2, 1.» Quando finiva ricominciava daccapo senza fermarsi. Barbara ne era un po' infastidita. I bambini non erano mai stati il suo forte. Anche se avesse avuto l'età giusta con la compagna giusta non pensava che ne avrebbe desiderati. Forse da giovane. Ma a quei tempi le coppie omosessuali non erano tollerate e la sua carriera sarebbe stata ostacolata, sempre che se ne fosse potuta fare una.

Arlette continuava con la sua cantilena, felice come se stesse in mezzo ad un gruppo di altri bambini che cantavano insieme a lei invece che degli adulti provati dagli avvenimenti.

La nuvola inghiottì la cabina e tutti tacquero all'istante, a parte

Arlette.

Era come se fossero entrati nella nebbia fitta di una città della Bassa Padana. Dal quadrato dell'apertura in alto si vedeva scorrere la massa bianca che a momenti entrava appena un po' oltre il bordo, perdendosi in riccioli di vapore acqueo. Intorno erano circondati dal grigiore uniforme che scorreva lungo i lati della cabina e si richiudeva dietro di loro senza sorprese. Si respirava una tensione estrema, come quando sei sicuro che debba accadere qualcosa di terribile.

Ma non accadde nulla. Nessun mostro venne a bussare ai vetri o ad affacciarsi dal buco per sentirli gridare dal terrore. Il movimento, invece, ora pareva essere più fluido, quasi senza scosse. All'improvviso una sagoma chiara, ma non distinguibile, si delineò davanti a loro. Doveva essere la stazione del Matterhorn Glacier Paradise. A quel punto la cabina diede un forte scrollone che fece cadere a terra coloro che non erano seduti, e si fermò di nuovo.

«Che succede, perché non si aprono le porte?» Marianne si rivolse preoccupata a Fabio, stringendosi a lui.

«Non ho idea. Ci saranno problemi, ma ormai siamo arrivati. Forse Joris aveva toccato qualcosa che non doveva e il meccanismo si è rotto.»

«Quando è caduto, non sappiamo se la porta l'abbia aperta lui o se sia stata aperta dall'esterno.»

«Be', a ogni modo ora non si apre e dobbiamo fare qualcosa.» Fabio aveva già in mano un cacciavite, quando Barbara lo scansò dicendo: «lascia fare a me». Non tollerava che si desse per scontato che fossero sempre gli uomini a prendere l'iniziativa, quando c'erano operazioni manuali da compiere. Le cose da uomini e le cose da donna erano, secondo lei, alla base della discriminazione di genere, e a lei la cosa proprio non andava giù. Perché uno sciatore professionista doveva saperne più di una scrittrice professionista? “Qui nessuno ci capisce un cazzo di meccanica”, pensò. Quindi tanto valeva tirare a sorte.

A Fabio Barbara piaceva. Sarebbe potuta essere sua madre e non gli sarebbe neppure dispiaciuta una dal carattere così forte, così diversa dalla sua che ricordava essere sempre in preda alla depressione, sottomessa al padre maniaco del controllo, che a modo suo l’amava ma non la lasciava libera neppure di soffrire.

I genitori non si possono scegliere, e lui era uno spettatore che assisteva al patetico teatrino delle loro vite. Non si aspettava neppure più affetto da loro, troppo presi a risolvere i loro problemi. Il quadretto della famiglia borghese andò distrutto quando il padre finì contro un guardrail dell’autostrada, di cui solo le cronache locali parlarono, in trafiletti invisibili. La madre morì un anno dopo, senza aver potuto cogliere le opportunità che la vita le avrebbe offerto, come rifarsi una vita migliore. A lui dissero arresto cardiaco, la verità delle carte raccontava avvelenamento da farmaci.

Fabio era troppo giovane per cavarsela da solo, così in attesa della maggiore età il tutore legale gli fece frequentare un prestigioso collegio dal quale si affrancò appena trovò dentro di sé gli strumenti per farlo.

Fabio era nato ad Anchorage, e per lui il bianco e il freddo erano sinonimo di casa. Poi un bel giorno suo padre decise di investire in Italia in un’azienda che produceva parti meccaniche per le piattaforme petrolifere su cui fino a quel momento aveva sempre lavorato. Doveva essere un cambiamento in meglio per la mamma che non sopportava il clima, mentre per lui significava perdere tutto, gli amici, la scuola, la lingua, le sue abitudini. Perciò fece di tutto perché la sua preadolescenza fosse un periodo che i suoi non avrebbero dimenticato con facilità.

Lui era stato portato, contro la sua volontà, in un paese lontano a vivere in una famiglia benestante. Da quel momento gli strappi non si ricucirono mai più. Infine non li perdonò mai di averlo lasciato solo per ben due volte. Però lo avevano reso orfano con il conto in Svizzera e la possibilità di non lavorare. Decise di trovarsi comunque un lavoro, ma doveva essere uno capace di dargli la spinta alla voglia di vivere. L'aveva trovato sulla neve, come maestro di fondo e atleta con ottimi piazzamenti a livello internazionale.

Barbara svitò tutto quello che poteva svitare e forzò appena alcuni meccanismi, piano per non combinare danni. Alla fine, vedendo che i suoi tentativi non sortivano alcun effetto si rivolse a Luca.

«Vuoi provare tu sapientone raccomandato da Dio? Uno che va in giro a demolire il mondo dovrebbe sapere aprire una porta, no?» Luca sul momento non capì perché quella donna orribile ce l'avesse con lui, ma poi realizzò di dover agire.

«Okay, ci provo.» In effetti Luca aveva una buona manualità, sia che fosse un talento naturale, sia che fosse per l'esperienza da guastatore durante le sortite a impianti, falegnamerie e così via. Non ci mise molto infatti a sbloccare la chiusura per consentire così l'apertura manuale delle porte. Quello che videro non fu esattamente ciò che si aspettavano.

Di fronte a loro si trovava sì la stazione, ma tra la cabina e il cemento armato c'era un salto di quasi due metri. La cabina si era fermata prima del previsto.

L'intero complesso era immerso in una nebbia fitta che faceva emergere solo alcuni contorni spigolosi dell'impianto di trascinamento. Davanti a loro la visibilità non andava al di là di alcuni metri, in una luce diffusa che sfocava le cose. Si vedevano bene le rocce sotto di loro che si perdevano nell'abisso.

«Adesso come facciamo a scendere?» domandò Iris.

«Saltiamo è evidente. Ce la possiamo fare benissimo. È solo un salto.»

«Non siamo tutti sportivi come te e Marianne. Io non credo di farcela.»

«Sì che puoi. Guarda.» Fabio saltò per primo e giunto dall'altra parte aprì le braccia come a dire «hai visto?».

Marianne lo seguì senza sforzo e anche Luca. Maria fu presa al volo per le braccia. Era leggera come una bambina tutta pelle e ossa. Carol disse che era sicura di farcela, ma non si sentiva di mettere a rischio la vita di Arlette. Lo fece notare. Fabio sarebbe andato a cercare qualsiasi cosa potesse servire, ma soprattutto avrebbero chiesto aiuto. «A proposito come mai non abbiamo visto il comitato d'accoglienza? Dove sono tutti?»

Si mosse verso il fitto della nebbia con Marianne al seguito. Luca restò lì, a saltare avanti e indietro per mostrare a Iris che si trattava di una cavolata. Fabio e Marianne tornarono con diverse cose che avevano raccattato nella loro perlustrazione. «Non c'è nessuno da nessuna parte, per quello che abbiamo potuto notare. È tutto acceso, le porte si aprono, ma non ci sono persone. È probabile che durante gli scontri siano stati fatti evacuare con dei mezzi aerei. Comunque abbiamo recuperato una imbracatura da alpinista, delle corde di nylon e moschettoni. Dovrebbero bastare.»

«Cioè?» chiese Carol gridando dall'interno della cabina. Tratteneva con forza Arlette, per il timore che si lanciasse al seguito degli altri, e lei ne era infastidita.

«Adesso leghiamo una estremità della fune a un punto saldo della cabina e l'altra qui da qualche parte. Quello sarà il cavo principale. Poi vi imbrachiamo una a una e creiamo una corda di sicurezza tra l'imbracatura e il cavo principale che scorrerà in un moschettone. A quel punto potrete saltare tranquille perché anche se doveste cadere, e non sarà, la corda di sicurezza vi salverà la vita. È chiaro?»

Per prima sarebbe saltata Iris. Sembrò tutto semplice e veloce, e nessuno in quel momento pensò all'entità di poche ore prima. Il fatto di essere dove era giusto che fossero dava loro sicurezza. Iris fu presa quasi al volo dalle braccia di Fabio. Non ci avrebbe giurato, considerato lo stato della sua vecchia anca, ma ce l'aveva fatta. Arlette non si fece pregare e non si curò di lasciare indietro la mamma. Era solo eccitata di andare dall'altra parte. Per sicurezza fecero una catena per permettere a Fabio di sporgersi il più possibile così da afferrare la bambina. Arlette prese la rincorsa e si aggrappò a un braccio di Fabio che la fece atterrare su di sé mentre cadevano all'indietro. Senza di lui non ce l'avrebbe fatta. Carol non si decideva a saltare, finché si sedette e scoppiò in lacrime.

«Che succede Carol?» chiese Fabio.

«Non ce la farò mai. Soffro di vertigini. Se mi avvicino mi prende il panico. Tutta colpa di Dario... sono solo nove minuti, che sarà mai... ti siedi lontano dalle vetrate e non guardi mai in basso. Proprio a me! Ho resistito. Ho lottato per Arlette, ma adesso è davvero troppo. Lasciami qui Fabio. Mettete al sicuro Arlette. Vi prego.» Una crisi da panico in piena regola le tolse il fiato. Fabio le fu accanto in un attimo. L'aiutò a concentrarsi sul respiro. Le spiegò cosa avrebbero fatto. Non avrebbe corso rischi. Luca avrebbe collaborato. Mentre uno di loro si curava di tenere ben tesa la fune all'interno della cabina, l'altro avrebbe tirato l'imbragatura con più forza possibile. Carol non avrebbe dovuto saltare ma solo lasciarsi andare. Intanto la visibilità diventava sempre più scarsa. Si vedeva nell'aria il vapore salire e condensarsi intorno.

«Dobbiamo far presto. Sembra che le cose peggiorino.

Rischiamo di non vedere più nulla.»

Anche Fabio ci sapeva fare con gli attrezzi da alpinista. Preparò un cavo di sicurezza più corto e più forte del precedente. In pratica Carol doveva scorrere appesa alla fune con gli occhi chiusi. Ce la poteva fare. Solo due metri. Nonostante il tremito convulso non fosse ancora sparito, si fece guidare da Luca che la preparò e la guidò sino alla porta. Poi lanciò l'estremità della corda da arrampicata che Fabio doveva tirare con tutta la sua forza. Il leggero dislivello tra la cabina e la piattaforma avrebbe favorito l'operazione. Luca si mise dietro a Carol per darle la spinta necessaria.

«Ora!» gridò Fabio. Luca spinse Carol che lanciò un grido di terrore. Nello stesso istante la cabina ebbe un sussulto e arretrò di pochi centimetri, pochi ma fatali.

La fune cedette e Luca fece l'errore di aggrapparvisi come per frenarla. Carol cadde nel vuoto, ma Fabio fece a tempo a tirare la corda da arrampicata che li univa. Andò a sbattere sulla parete di cemento, ma fu in salvo. Per fortuna lui stesso si era messo in sicurezza, legandosi con un'altra corda ben salda alla struttura di ferro. Lì per lì né Carol né Fabio si accorsero del grido unico, prolungato e disperato di Luca che era precipitato a sua volta per aver perso l'equilibrio. La fune lo aveva destabilizzato. Ancora confusi, con Carol che singhiozzava, furono raggiunti da Barbara, mentre Iris restava con Arlette dietro la vetrata.

«Andiamo! Non si vede più nulla. Potremmo essere in pericolo.»

Barbara sollevò Carol. Si mossero verso quello che ritenevano un luogo sicuro.

8.

Le porte scorrevoli si aprirono e si richiusero dietro di loro, lasciando che la densa nebbia grigia vi si infrangesse contro. Percorsero un corridoio scavato nella roccia, un vero e proprio tunnel. Fabio fece strada sino al Cinema lounge, una sala accogliente dove i visitatori potevano godersi dei filmati su quello che avrebbero visto. «Riposate qualche minuto, io controllo se c'è la possibilità di mettersi in contatto con qualcuno.» Fabio sperava di trovare un telefono di servizio negli ambienti per gli addetti ai lavori o al limite un computer. Ne vide uno sul muro accanto al quadro elettrico. «Non risponde nessuno, nessuno dei numeri qui di fianco» disse. «È meglio se andiamo nella zona ristorazione.» Arlette fece delle storie. Non si voleva staccare dalla poltrona a forma di uovo dove si era accoccolata con la mamma. Il corridoio era illuminato sino all'ascensore che portava alla piattaforma panoramica, poi solo buio con qualche luce a led che emanava un luccichio tremolante. In fondo si coglieva un debole chiarore. Poco più avanti Fabio mostrò il deposito dove si era procurato l'imbracatura e tutto il resto.

In fondo al corridoio un cartello indicò il palazzo del ghiaccio con un altro ascensore per potervi accedere. Quella era l'attrattiva più spettacolare del luogo. Era stato ricavato all'interno di un crepaccio del ghiacciaio, quindici metri più in basso, ed era famoso per l'atmosfera irreale che vi si respirava, tra sculture di orsi e lupi, paesaggi da favola, effetti di luci e suoni suggestivi. Da dove si trovavano si poteva anche uscire sul pianoro da cui si accedeva alle piste da sci, ma in quel momento non si vedeva nulla dalle vetrate, tanto fitto era il passaggio di nuvole. Nuvole dense che appesantivano ogni cosa. Da una parte si accedeva a un modesto centro commerciale e subito dopo al bar ristorante. Non c'era un'anima viva.

In questa parte del complesso sembrava che mancasse la corrente elettrica. Avrebbero potuto almeno sperare di ricevere qualche notizia dallo schermo di sessantacinque pollici che copriva un'intera parete del bar. Invece per ora restavano tagliati fuori dal mondo.

«Forse è scattato un interruttore di sicurezza in un pannello, da qualche parte. Dovrei cercarlo, ma è un labirinto questo posto.» Fabio si preoccupò di indicare subito dove avrebbero potuto mangiare e bere a sazietà e soprattutto servirsi di un vero gabinetto, che valeva la pena di usare anche al buio. Si sistemarono intorno all'unico tavolo che non fosse a ridosso delle vetrate, così tante e così inutili, anzi, sembrava che le avessero messe lì apposta per rinnovare in tutti loro l'incubo di quella cabina da dove erano appena scampati. Fabio divorò una fetta di strudel di mele e si dissetò con la prima spremuta che gli capitò a tiro, poi decise di non perdere altro tempo. «Vado a cercare la sala dei bottoni. Ci sarà pure il modo di far sapere al mondo come stiamo. E poi qualcuno deve andare a caricare i cellulari dove ancora c'è corrente elettrica.»

«Ti prego, non andare! Non da solo. Come facciamo a comunicare tra noi? Se ti succederà qualcosa come lo sapremo? Se ti succede...» Marianne scoppiò in lacrime. Forse le altre si sentivano al sicuro, ma lei no, neanche un po'. Era fin troppo facile essere preda di presentimenti sgradevoli quando là fuori doveva esserci ancora chi o cosa li aveva tormentati per un'intera nottata.

Erano rimaste cinque donne, una bambina e un solo uomo. Si rendeva conto di essersi innamorata e questo la esponeva a quel vizio culturale di fondo: la fragilità atavica della femmina che richiede la protezione del maschio dominante. Ma lei non era ancora a quel punto, una solenne sciocchezza. Lei non desiderava un cavaliere dall'armatura scintillante e il destriero bianco che sfidasse il drago per lei. Voleva solo che Fabio non morisse, perché lei lo voleva con sé per vivere una vita insieme. Tuttavia, perché questo potesse realizzarsi bisognava mettere subito in chiaro che lei non avrebbe giocato ai giochi di ruolo all'interno della coppia.

«Vengo anch'io. Non aggiungere una parola.»

Arlette aveva scoperto un intero frigorifero di gelati e si era messa a mangiare un cornetto con l'intenzione di farli fuori tutti. Carol la lasciò fare. Un mal di pancia sarebbe stato l'ultimo dei loro problemi. Si consultò invece con le ragazze per trovare il modo di riposare un po'.

Là fuori il sole doveva essere alto sopra le loro teste, oltre la nuvola che continuava a imperversare sul piccolo Cervino. Le quattro donne infagottate come Amundsen tra i ghiacci scoprirono che al piano di sopra c'erano delle stanze con letti a castello. L'ambiente era freddo, non come quando si trovavano nella cabina ma pur sempre fastidioso, e il blackout in questa area avrebbe fatto abbassare la temperatura ancora di più, a meno che Fabio e Marianne non riuscissero a rimediare al problema.

Una di loro avrebbe vegliato sulle altre e su Arlette in particolare, che non ne voleva sapere di stare ferma, né tantomeno di dormire. Iris la lasciò esplorare lì intorno e la seguì nella vicina sala da pranzo, dove i tavoli erano ancora imbanditi. Alcuni piatti erano stati consumati in parte come se qualcuno avesse dovuto smettere in fretta di mangiare. La donna ne arguì che se c'era stata un'evacuazione doveva essere avvenuta il giorno prima all'ora di pranzo, grossomodo quando anche loro erano saliti da poco sulla funivia. Arlette sfarfallava tra i tavoli assaggiando ora questo ora quello, sgranocchiando dei grissini.

«Arlette, non è igienico ...» le disse Iris. «Ma sì, fai pure quello che vuoi, tanto porco pulito non fu mai grasso, e c'è ben altro di cui preoccuparsi, mi pare.» Arlette non badava a lei ma venne a posarle accanto una confezione di grissini, per sparire subito un attimo dopo. «Grazie Arlette, sei gentile.»

Accanto all'ascensore c'era un telefono d'emergenza con scritto SOS. Iris provò a schiacciare i tasti, ma il sibilo di fondo non cessò. Riabbassò la cornetta. Inutile illudersi.

Marianne e Fabio erano tornati alla funivia. Nella saletta dei comandi trovarono il terminale del computer che controllava l'intero sistema. Sullo schermo apparivano grafici che confermavano la corretta funzionalità dell'impianto. Secondo il computer tutto andava a meraviglia.

«Sono bravo con la sciolina, ma con questi aggeggi sono una frana.»

«Lascia che provi io.» Marianne riuscì ad accedere ai comandi, ma per alcuni occorreva la password. «Se riuscissi a creare uno stato di allerta, che so, una minaccia di incendio, attirerei l'attenzione, ma mi sembra superfluo perché lo sanno anche da soli quello che sta succedendo. Se manomettessi qualcosa farei solo un danno a noi stessi. Purtroppo non c'è collegamento internet in questo computer, forse in altri.»

Non era possibile che non ci fosse un collegamento di rete con tutti quei ripetitori sulla cima del monte. Ispezionarono i locali di servizio con la speranza di trovare un trasmettitore, magari una radio a lungo raggio per le emergenze. Recuperarono due walkie talkie, inutili quanto la televisione del bar. Comunicare all'interno di gallerie in un monte non aveva alcun senso, ma sarebbero diventati utili forse all'esterno, perciò Fabio li mise lo stesso nello zaino.

Controllarono dappertutto lungo il corridoio.

«Mettiamo in carica i cellulari» disse Fabio. Non sarebbero riusciti a ricaricare le batterie di tutti e cinque i telefonini, per mancanza di cavetti. Almeno due di loro non avevano il cavo di ricarica, avendo confidato nella lunga durata delle batterie e nella power bank, ma anche solo tre cellulari sarebbero stati sufficienti, sempre che funzionassero. La sala del cinema sembrava perfetta. C'erano diverse prese elettriche. Sarebbero tornati dai telefonini più tardi. Intanto avrebbero preso l'ascensore per dare un'occhiata alla terrazza panoramica.

«Ti sembra una buona idea andare lassù? Non sappiamo se c'è ancora qualcosa in giro, e poi se l'ascensore si fermasse, chi verrebbe a tirarci fuori?» Marianne era spaventata e disorientata dal coraggio di Fabio e non capiva dove lui trovasse ancora la forza per andare avanti. Lei era sfinita e avrebbe raggiunto volentieri gli altri. Si sarebbe goduta quel poco di benessere che la circostanza le offriva senza pretendere di fare l'eroina. Non è il carattere a rendere le persone fuori dal normale, ma l'istinto di conservazione.

Avrebbe comunque fatto la sua parte per stare con Fabio.

«Ci mette niente l'ascensore ad arrivare su. Deve per forza accaderci sempre qualcosa? Fatti coraggio. Saremo prudenti. Andiamo.»

Quando le porte si aprirono verso l'esterno stettero in campana, pronti a premere subito il pulsante di chiusura delle porte, ma furono sorpresi da un cielo specchiato e di fronte a loro si presentò la rampa di ferro che portava al terrazzino panoramico più alto, dove una statua del Cristo benediceva la valle.

"Sarebbe piaciuto a Luca", pensò Fabio, ma non gli ha fatto la grazia. Il sole era piacevole e forte. Rassicurava gli animi col suo calore. Il vento freddo dell'aria aperta sembrava rinfrancare i polmoni. Ripresero fiato e si guardarono intorno come turisti smarriti. Il Cervino alla sinistra dominava tutte le cime e le teneva sotto controllo come un buon padre pastore. Sulla destra in basso invece il ghiacciaio era completamente coperto da una densa nuvola che si estendeva sotto di loro sino a lambire il casotto di cemento dell'ascensore. Marianne ebbe un brivido e si aggrappò a Fabio. «È lei. È sempre lei. Sembra che ce l'abbia con noi.»

«Dubito che sia così, ma tutto può essere. Ormai ci conosce. Forse siamo il suo esperimento e non vorrà andarsene senza prima completare l'opera.» Fabio le prese una mano e la condusse su per le scale. Di lassù il panorama era ancora più magnifico e abbracciava a trecentosessanta gradi uno degli spettacoli più grandiosi al mondo. L'uomo aveva dominato l'ambiente e sottomesso la montagna. Sotto di loro però una forza sconosciuta sembrava intenzionata a ricondurli all'umiltà.

«Guarda le piste sono libere.» Oltre la densa cortina grigia addossata agli edifici sotto di loro, a una distanza di circa duecento metri, il sole illuminava le piste di solito molto frequentate da chi voleva sciare in quel periodo dell'anno. Anche loro due dopotutto erano venuti su per quello, tanto che i loro sci erano già stati fatti arrivare da un paio di giorni a destinazione e il giorno prima l'incaricato avrebbe dovuto consegnarglieli. «Già! Fabio dove saranno i nostri sci?»

«Dovrebbero essere insieme agli altri in uno dei depositi che abbiamo visto. Francamente non me lo ricordavo più.»

«Stavo pensando a una soluzione estrema.» Marianne propose un'idea che non piacque per niente a Fabio. Si misero quindi a discutere, perdendo di vista il rischio che stavano correndo.

Lo strato di nubi si condensava sempre più avanzando verso l'alto, ma loro non se ne resero conto subito. La luce del sole così abbagliante aveva rasserenato il loro stato d'animo già molto provato dalla mancanza di sonno. Le ansie accumulate in ventiquattro ore erano svanite e, a corto di adrenalina, la stanchezza stava avendo la meglio. Si sentivano appannati e innamorati. Quando si resero conto che la nuvola aveva racchiuso nella sua nebbia l'ascensore, si riscossero e si precipitarono giù per la scala di ferro. Non avevano altra scelta che entrare in quel vapore denso come nerofumo. Marianne premette il pulsante quasi alla cieca. Era certa che l'avrebbe trovato anche bendata. Le porte si aprirono all'istante visto che l'ascensore non poteva essere stato richiamato da nessuno. Si fiondò all'interno, ma voltandosi vide Fabio che cercava di liberarsi da una sostanza che lo aveva avviluppato in tutta la persona. Marianne si precipitò ad aiutarlo, sennonché quando venne a contatto con quella gelatina vischiosa si rese conto che aveva la proprietà di una colla ad alta adesività. A fatica riuscì a liberarsene. Fabio era disorientato e rischiava di allontanarsi invece di entrare nell'ascensore. Marianne si tolse il piumino e parandosi le mani con quello lo attirò all'interno, quindi premette il tasto di discesa. Poi cercò di liberargli il viso per farlo respirare e una volta aperta di nuovo la porta lo spinse con forza nel corridoio.

Fabio cadde a terra e si contorse.

«Fabio, amore mio, mi senti? Come stai?»

«Aiutami a staccarmi di dosso questo schifo. Non capivo più dove mi trovavo. Mi sentivo imprigionato e inerme.»

Marianne intanto tirava via come poteva quella sostanza che col passare dei minuti sembrava sempre meno resistente.

«Se avessi un paio di guanti eviterei di rimanere invischiata anch'io. Ma che ti sta facendo?» Oramai la parte superiore del corpo era libera e scalciando Fabio si stava liberando anche del resto, che si stava staccando da lui come una pelle morta.

«Non sento male. Sto bene, tranquilla. Ora è tutto ok. Aiutami a togliermela anche da questo lato.» Fabio le disse che aveva avuto la sensazione di essere dentro uno scafandro di palombaro, ma che a un certo punto si era sentito girare tutto intorno. Ribadì che aveva perso la cognizione del tempo e dello spazio.

«Se non ci fossi stata tu non so cosa mi sarebbe successo.»

Era evidente a entrambi che quella cosa era ancora lì e che forse non voleva fare loro nulla di male, ma che non sembrava neppure niente di buono, almeno dal loro punto di vista.

«Dobbiamo avvertire le altre.»

Tornarono sui loro passi. Ripresero i cellulari, ora abbastanza carichi, e si avviarono verso la zona ristorazione. Fabio faceva fatica a muoversi. L'esperienza lo aveva provato, ma soprattutto quella cosa gli aveva tolto le energie, oppure era soltanto giunto al capolinea della stanchezza.

Una volta nell'edificio Marianne volle provare subito i cellulari. Purtroppo non c'era linea. Solo campo, mentre la linea dava occupato.

«Lasciamo comunque dei messaggi vocali. Indirizziamoli a tutti.» Seduti al bar fecero quanto detto, poi si diressero al piano di sopra. Iris era ancora sveglia e Arlette li ignorò. Fecero un resoconto di quanto era successo a Iris la quale si turbò molto. Non era ancora finita. Anzi.

«Che cosa farà ora? Quale sarà la sua prossima mossa? Saremo al sicuro qui? Questa non è una fortezza inespugnabile e, se quella o quelli sono stati capaci di arrivare sin qui dallo spazio, vuoi che ora non riescano a entrare in una baracca di legno e vetro?» Concordarono che non era il caso di svegliare Carol,

Maria e Barbara per metterle al corrente dell'accaduto. Sarebbe servito solo a farle agitare, senza portare a nulla. Bisognava invece che riposassero almeno un paio d'ore, anche Fabio ne aveva bisogno, più di tutti. Iris si offrì di continuare. Lei dopotutto era una che non dormiva mai, neppure a casa, e altre due ore avrebbe potuto resistere, altrimenti avrebbe svegliato Carol come d'accordo.

Iris rimase di nuovo sola con Arlette che imperversava correndo e nascondendosi sotto i tavoli. Adesso però aveva la netta sensazione di non essere in compagnia solo della bambina, ma anche di qualcos'altro che le spiava là fuori in tanto grigiore, contro le vetrate, con il respiro che si confondeva col vento. E non c'era modo di staccare Arlette dal contatto con quei vetri, dai suoi giochi di bimba che coinvolgevano compagni di gioco immaginari e benevoli, accolti come amici ritrovati.

Vedere Arlette così felice e libera di esprimere le sue emozioni, incurante di tutto, le ricordò la sua infanzia, quando correva contro il vento tra i mirtilli e l'erica della sua Hereford inseguita dalle pecore con la testa nera della nonna che volevano giocare con lei, le saltavano addosso e la facevano rotolare giù per la collina. "È buffo", pensò, "quando ripensiamo alla nostra infanzia, ci sembra che tra quello che eravamo e quello che siamo diventati non ci sia una vera differenza in termini di coscienza di sé". Ma a ben vedere quella continuità, che sembrava così ovvia e naturale in realtà era il risultato di una mistificazione. Iris ricordava una piccola se stessa, con la medesima coscienza di lei adulta, solo con molte meno esperienze di vita. Eppure era convinta che la vera Iris bambina non esistesse più da tempo, perché crescendo erano state conservate in memoria solo quelle percezioni che garantissero linearità e coerenza con la coscienza della donna adulta. Tutto il resto era stato cancellato, perché la memoria non può ritenere tutto. Conserva di sicuro molte cose: atti, comportamenti, volti. Ma non tutti. Così come conserva una parte di coscienza di sé, sebbene non per intero. Magari quella Iris spensierata e felice di allora percepiva sensazioni ed emozioni in un modo di cui ora non ricordava più nulla, come quella coscienza felice che ora vedeva rispecchiata nell'incoscienza di Arlette.

Marianne si svegliò presto da un sonno inquieto e nel dormiveglia le fu chiaro che cosa avrebbe fatto. Spesso in quello spazio tra il sonno e la veglia i pensieri si fanno più determinati e si vedono le cose in modo lucido, molto meglio rispetto a quando si torna alla percezione ordinaria. Marianne non voleva perdere l'incantesimo di poter mettere in atto un piano che Fabio non avrebbe mai approvato, ma che a lei sembrava tanto più concreto quanto più era consapevole di essere la migliore per poterlo attuare.

Carol era assonnata. Non si era ancora addormentata che già aveva dovuto dare il cambio a Iris. Ma era giusto così. Era lei la madre di quella scatenata che giocava con le posate su un tavolino, costruendo una specie di installazione artistica che aveva un suo fascino simmetrico ma in apparenza nessun senso. Non le era piaciuto il resoconto riferitole da Iris per conto di Fabio. Lui avrebbe dovuto parlarne con tutti, al diavolo il dormire. Erano sotto assedio e loro erano andati a riposare come se niente fosse. Adesso lei aveva un'idea migliore: non dormire. Bisognava frugare dappertutto là dove si potessero trovare dei medicinali del tipo modafinil, usato per i narcolettici. Ma sarebbe stato impossibile trovare farmaci così specifici in un posto come quello, era assurdo anche solo provarci. Forse sarebbe stato più facile trovare cocaina, ma dove? Il ragazzo di Maria avrebbe potuto averne, ma chissà che fine aveva fatto.

Maria aveva giurato di non essere in possesso di altre sostanze oltre all'eroina. Peccato. Hai la spacciatrice ma non vale niente. L'unica alternativa quindi, per restare vigili e non farsi fregare da quelli, era bere in continuazione caffè e coca cola. Aveva portato di sopra tutto il caffè e le bottiglie di bibita che era riuscita a trovare dietro al bancone. Poi ci sarebbero state le bottiglie del distributore automatico e infine quelle nella dispensa. Di polvere per fare il caffè ce n'era tantissima, senza contare il distributore automatico. Purtroppo senza corrente non c'era acqua calda quindi niente caffè. Si era già affogata di coca cola, ma detestava doverla bere per forza, per non parlare poi di quanto la facesse digerire. Avrebbe comunque retto il suo turno senza rischiare colpi di sonno.

Poi fu contenta di vedere Marianne. Era strano che quella ragazza fosse lì. Si stupì che non riuscisse a dormire con quella faccia trasfigurata dalla spossatezza, ma fu contenta di avere qualcuno con cui scambiare due parole senza dover solo badare ad Arlette.

Indicò a Marianne dove poteva trovare carta e penna e, in attesa che tornasse dal bar, si mise a studiare il lavoro di Arlette. L'intreccio di cucchiai e coltelli incastrati tra i rebbi delle forchette formava una struttura circolare alta almeno cinquanta centimetri o forse più. Le ricordava quello strano arnese di legno che Dario aveva voluto comprare anni prima in Valle d'Aosta, grolla le pareva, ma assai più suggestiva per la perfetta ripetizione di moduli che formavano l'impalcatura. Si sarebbe dovuta stupire, ma ormai sua figlia l'aveva abituata a vederne di tutti i colori. Avrebbe comunque rimandato a dopo l'interpretazione di quel messaggio, se di messaggio si trattava, quando anche gli altri si sarebbero svegliati. Marianne non tornava. Scese le scale per accertarsi che non ci fossero sorprese e non la vide. Provò a chiamarla, ma non ebbe risposta.

«Che fine avrà fatto?» si domandò. Concluse che non fosse il caso di allarmarsi più di tanto, dal momento che Marianne aveva già esplorato tutto l'esplorabile e che forse si era allontanata per un buon motivo. Tornò di sopra e si disse «Le do un quarto d'ora. Se non si fa viva per allora sveglio Fabio.»

Marianne aveva scritto sul retro di un manifesto pubblicitario del Matterhorn Glacier Paradise un messaggio per Fabio e l'aveva lasciato in bella vista su uno dei tavoli. Sfortunatamente per lui Carol non l'aveva notato. Nel messaggio Marianne lo avvisava che avrebbe tentato di scendere a valle per chiedere aiuto. Lei era una velocista. Lei avrebbe potuto farcela. Bisognava attraversare solo quello sbarramento di nebbia là fuori dalla porta.

La ragazza trovò degli scarponi e degli sci al Peak Shop, il negozio di articoli sportivi. Non c'era tempo di cercare i suoi nel magazzino. Si attrezzò al meglio. Indossò i guanti e un berretto di lana pesante sopra una fascia sulla fronte. Non dimenticò gli occhiali da sole e si riempì le tasche di materiale di pronto soccorso, corde, barrette proteiche. Prese lo spray per le slogature e un paio di accendini. L'istinto le suggeriva che sarebbero diventati utili come deterrente, nel caso fosse stata attaccata da quella specie di mucillagine collosa, come era successo a Fabio. Aveva visto nei film che le bombolette possono essere usate come lanciafiamme, all'occorrenza. Solo che lei aveva fantasia da vendere, ma temeva di possedere scarsa iniziativa, nel caso avesse dovuto usarla sul serio. Aprì la porta che si trovava nell'ambiente di disimpegno fuori dal bar e si mise con cura gli sci, pronta a saltare giù dai gradini. La nebbia era lì davanti a lei come un muro bianco in agguato, sul punto di inghiottirla. Sapeva che avrebbe trovato erba e forse pietrisco sotto gli sci per il primo pezzo, ma era così carica che avrebbe sciato anche sull'asfalto. Aveva memorizzato dalle foto e dalle mappe la situazione davanti a lei e ne ricordava la veduta d'insieme dall'alto. Era pronta e arrabbiata contro quella cosa. Ora anche lei si sarebbe trovava nel suo elemento e la sfidava a batterla. Sperava solo di trovare presto la neve per correre via e soprattutto di non perdere l'orientamento in quei duecento metri. Prese fiato e si lanciò fuori. La porta a vetri dietro di sé restò socchiusa.

9.

Per il mondo normale, quello degli abitanti della valle, doveva forse essere l'ora di svegliarsi dal riposino postprandiale. Fabio aveva dormito a lungo, ben al di là del turno di due ore concordato. Il viso rilassato di Carol gli faceva intendere che nel frattempo non si era scatenato l'Armageddon. Lo aveva svegliato perché aveva il diritto di sapere e di conseguenza pianificare il resto della giornata, prima di affrontare un'altra notte.

Fabio si sentiva ancora spossato. Il sonno ristoratore non aveva risanato la debolezza muscolare. Le giunture erano doloranti come fosse stato massacrato di botte o appena estratto da una macchina di tortura medievale. Lui non sapeva cosa volesse dire essere massacrato di botte, né aveva avuto la sfortuna di vivere in tempi tanto bui, ma sapeva che cosa significasse colpire un muro di ghiaccio quando sei lanciato nella posizione a uovo per raggiungere la massima potenza. Conosceva il dolore delle ossa rotte in più punti e il risveglio dal coma. Non si sentiva di escludere che la sostanza aliena l'avesse intossicato. La pelle venuta in contatto con quel liquido vischioso mostrava un brutto eritema. Il viso e la testa erano puntaspilli attraversati da una leggera corrente elettrica che neppure il contatto con l'acqua gelata del lavamani riuscì a lenire. Ma soprattutto rimettersi in piedi fu un'impresa estrema. Solo la notizia della scomparsa di Marianne diede la giusta staffilata al suo sistema nervoso, che si riprese a sufficienza.

In sala pranzo mancava solo lui ed era evidente che lo stavano aspettando. Ancora prima di parlare gli fu mostrato lo scritto di Marianne, e Fabio, per un attimo, accusò tutta la sofferenza patita sinora, con il cuore che si faceva sentire nelle orecchie. Ma poi reagì perché aveva intravisto una possibilità.

Barbara aveva insistito per non lasciarlo solo in quelle condizioni. «Anche quelle toste hanno l'istinto della crocerossina, eh?» Aveva rischiato di dire istinto materno, ma si era trattenuto a tempo. Né alle donne, né agli uomini, nessuno escluso, piace che gli si faccia notare la differenza d'età, specialmente se generazionale.

Ripercorsero tutta la galleria sino alla piccola sala controllo dell'impianto. D'istinto si sarebbe precipitato in ascensore per raggiungere la terrazza panoramica, ma era improbabile che la nuvola si fosse spostata da lì, e del suo contatto ravvicinato portava ancora i segni e chissà quali conseguenze. Meglio controllare se le telecamere a circuito chiuso coprivano le aree esterne non oscurate dalla massa nuvolosa.

Solo un paio di telecamere interne al complesso restituivano immagini decenti. Quelle all'esterno erano tutte funzionanti, ma l'uniformità dello schermo confermava che la massa aveva ricoperto tutto. Una di esse, che trasmetteva con forti disturbi, focalizzava l'area della stazione da una certa distanza. Si vedeva la cima del Matterhorn Glacier Paradise interamente coperta di nubi e subito sotto l'area bianca di neve ancora illuminata dal sole. Si faticava a distinguere le piste, ma Fabio si eccitò per un puntino che pareva in movimento. «Vieni Barbara. Guarda! Non sembra anche a te che ci sia qualcosa che si muova qui a zig zag?»

«Sì, mi sembra, per quanto si possa capire da questo cesso di schermo. Ti prego fai che sia Marianne. Fai che ce la faccia.

Quella ragazza è in gamba. Mi piace.»

«Anche a me.»

Percorsero a ritroso l'ultimo tratto della galleria al buio. Segno che nella hall di passaggio, di fronte alla ristorazione, la luce proveniente dall'esterno doveva essere calata, ovvia conseguenza dell'infittirsi della nebbia da quella parte.

In quella zona, che faceva pensare all'interno di una cantina appena illuminata dalla scarsa luce di feritoie al livello dei marciapiedi cittadini, non solo era diminuita la luce, ma anche il freddo si era fatto più pungente. Fabio e Barbara notarono subito lo spruzzo di nevischio che si andava depositando davanti all'uscita. La neve proprio non se l'aspettavano. "Se controllano il vapore acqueo perché non la neve", pensò Fabio, mentre studiava come chiudere la porta. Nella semi oscurità non se la sentiva di correre rischi, ma non aveva scelta. Chiese a Barbara di puntargli contro la torcia e si precipitò là per fare più in fretta possibile. Purtroppo non aveva fatto i conti con il suo malessere, con la debolezza che lo privava delle forze ogni minuto di più. La porta non ne voleva sapere di richiudersi. Si era accumulata troppa neve, indurita come il ghiaccio, e neanche l'aiuto di Barbara servì a serrarla del tutto. Gli venne l'idea di puntellarla con gli oggetti che erano nelle vicinanze. Tutti troppo leggeri, puntelli che non avrebbero retto la forza di un urto potente.

Per il momento dovettero rinunciare a far di meglio.

Al piano di sopra Iris, Maria e Carol furono contente di sentire che forse Marianne si era messa in salvo e che avrebbe riferito la situazione a chi avrebbe potuto aiutarli. Insieme si misero a fare congetture su quella scultura monumentale di Arlette, un'opera d'arte incompiuta, forse per la mancanza di posate. Fabio non aveva avuto il tempo in precedenza di osservarla da vicino. «È una costruzione, non c'è dubbio. Voglio dire che è di sicuro la riproduzione di qualcosa.»

«Non un manufatto in scala reale, ma l'imitazione di un'opera architettonica, un manufatto, un edificio, un fabbricato, un'opera non casuale» aggiunse Iris.

«La complessità strutturale fa pensare a una volontà costruttiva, probabilmente funzionale.» Barbara aveva in mente una sua teoria, ma le sembrava fin troppo facile e scontata, finché non si decise a metterla sul piatto. «Sembra una struttura tridimensionale, uno spaccato assonometrico 3D di un disco volante.» Fabio non poté fare a meno di sorridere e di assumere un'espressione scettica. Ma quella forma circolare e quella complessità interna erano sbalorditivi. E poi c'era tutta la loro esperienza precedente e soprattutto Arlette, la sensitiva.

«Se così fosse, e se questo fosse, come dire, un messaggio concreto, cosa dovremmo capire, perché io non ci sto capendo un bel niente.»

«Io credo che se qualcuno si mostra a te per ciò che è in realtà, vuol dire che non ha cattive intenzioni.» Maria era intervenuta con una osservazione che gli altri recepirono come incoraggiante, tipica di una mente semplice, ma che il dolore aveva resa un po' più saggia.

«È vero, Maria. Chi rivela se stesso indebolisce la propria condizione, espone il fianco, soprattutto quando si trova in una posizione di forza. Quindi sì, è possibile che questa entità ci comunichi la sua intenzione benevola. Oppure siamo noi che proiettiamo il nostro desiderio di sopravvivenza su questo oggetto trasfigurandone il vero senso.» Barbara si rivolgeva a Maria, ma con la testa ragionava per sé stessa a voce alta. «Per quanto ne sappiamo potrebbe essere qualcuno che ci mostra i suoi giocattoli da guerra per intimorirci.»

Bisognava scacciare i cattivi pensieri, i presagi infausti e darsi da fare in occupazioni che ricordassero la normalità. È così che Barbara ricaricava le pile quando era depressa o soltanto delusa e sfiduciata. Adesso in ballo c'era sempre da conservare l'equilibrio, ma con in più l'onere di salvare la pelle. È difficile far finta di niente quando ti senti braccata da una paura insondabile. Di colpo non hai più un domani, solo un presente fatto di attimi. Un errore in uno di quegli attimi e la tua vita è fottuta. Per questo era così arduo concentrarsi su cose che aiutassero a rigenerare la propria presa di giudizio sulla realtà. Per non commettere errori dovuti alla stanchezza, alla dissociazione dei pensieri dal corpo, doveva agire nel modo corretto o non avrebbe avuto via di scampo. Prima di tutto avrebbe scacciato quel "stai per morire" con pensieri positivi. «Se qualcuno vuole tornare a riposare, lo faccia, altrimenti andiamo a cercare del cibo al bar.» Era il suo modo di reagire alla paura. Quando prendeva l'aereo e non riusciva a dominare la paura di volare, mangiava. Mangiava tutto il tempo, sgranocchiare e bere qualche alcolico la rimetteva in equilibrio con i progressi del mondo. «Chi vuole qualcosa di forte?» Cominciò a versarsi un whiskey invecchiato di venticinque anni. A Maria nulla, non era il caso.

Barbara e Iris tornarono a riposare in una delle stanze interne. Quelle esterne, a causa delle grandi finestre, mettevano addosso solo irrequietezza. Anche se finora non avevano visto uno di quegli esseri infrangere un vetro nel tentativo di entrare, il solo pensiero che potesse accadere rendeva la permanenza in quelle stanzette pressoché impossibile. Invece loro avevano bisogno di una boccata di ossigeno. Sentivano di doversi confidare l'un l'altra, perché questo era l'ultimo treno, dopodiché nulla sarebbe stato più possibile. Iris aveva capito che un chiarimento era inevitabile. Lo doveva anche a se stessa, perché alla sua età certe cose erano come una rivoluzione differita in un tempo limite. Doveva capire prima di tutto se c'era posto nella sua vita sentimentale per uno sconvolgimento delle sue certezze e poi avrebbe dovuto farci i conti come una scolaretta che impara a contare con le tabelline.

Non immaginava di poter interessare a Barbara in quel senso. Non ci pensava più da molti anni. Da ragazza, forse, si era accorta di subire il fascino di qualche amica, un desiderio che non si era mai chiarito. Poi era stata troppo impegnata a recitare il ruolo di moglie per pensare ad altro. Anche se lei non si sarebbe mai definita borghese, aveva vissuto una vita sociale preconfezionata su uno stile ordinario, che non ammetteva strappi alle regole. In realtà in quella struttura di valori e convenzioni ci stavano bene anche i comportamenti scorretti, purché tenuti segreti. Ma lei lo ignorava. Il marito no, infatti la tradiva. Finché un giorno si era trovato quella che gli avrebbe messo al mondo la progenie. Anche a lei sarebbero piaciuti tre figli, persino tre maschi come quelli del suo ex, ma non ne aveva potuti avere, e questo era quanto. Si era accontentata di godere dell'amicizia della nuova famiglia. In un certo senso faceva parte di una famiglia moderna, non del tutto conformista. Non sempre però questo bastava a scacciare la frustrazione di avere tradito se stessa, di avere rinunciato a qualcosa d'importante. Il tempo passato con Barbara stava alimentando un flusso di emozioni nuove, che per la prima volta da sempre la spingevano a voler vivere la sua vita e non quella degli altri.

Barbara invece era un pesce che conosceva bene i suoi fondali. Sapeva quello che voleva e se l'era preso ogni volta senza tanti complimenti, come lo squalo che attacca risalendo dagli abissi per afferrare la sua preda. Quello che le stava succedendo questa volta però era del tutto anomalo. In genere provava attrazione per persone più giovani. Era una novità questa amicizia, che si era subito stabilita con forza, per una donna più grande, e se ne stupiva lei stessa. Ciò nonostante non poteva farci nulla. Nessuno può far niente quando accade. Non ci sono colpe e non ci sono colpevoli, e neppure spiegazioni scientifiche. Forse psicologiche, ma che senso avrebbe farsi notomizzare il cervello per scoprire la natura elettrochimica della magia dell'amore?

Arlette doveva essere stata caricata con delle pile di una pubblicità famosa che imperversava nei media, perché continuava a correre e saltellare spiritata e allegra come se niente fosse.

«Ma a casa fa sempre così?» domandò Fabio.

«No, no, certo che no. Mi sfascerebbe la casa. No, non è lei. Arlette è tranquilla se non viene contraddetta con troppa enfasi. Se ne sta ore vicino a me a giocare con i suoi giochi didattici, con le bambole, ritaglia e incolla, disegna e vuole aiutarmi in cucina. È una bimba e si comporta da bimba, compatibilmente al suo disturbo. Non so che le succeda, a parte tutte le supposizioni che ci siamo già detti, ovvio. Per voi sarà anche il canarino che vi avvisa della presenza del grisù, ma per me è la mia bambina. Devo proteggerla e temo per lei, perché se fosse una specie di prescelta non so se ci sia da esserne allegri. I prescelti non fanno mai una bella fine.»

Fabio sentiva di dover consolare e tranquillizzare Carol per quello che anche lei stava passando nel doppio ruolo di persona e madre, ma anche lui si sentiva sdoppiato con la perdita di Marianne, che non aveva neppure salutato e non sapeva se avrebbe mai più rivisto. E poi c'era lui, ormai una larva d'uomo, che non aveva più la forza di alzarsi dalla sedia e con il dovere, in quanto unico uomo rimasto, di aiutare il gruppo, sempre più esiguo. Ma il suo ruolo di maschio non valeva più niente, se non per la supposta superiorità fisica. E anche quella era scemata del tutto. Non c'erano più ruoli qui, ma solo vittime.

Carol e Maria facevano ipotesi e piani di fuga da quel luogo, da attuare ormai non prima del giorno successivo. Sarebbe stato un suicidio affrontare la discesa di notte senza sci. La mattina del giorno dopo avrebbero provato a seguire le orme di Marianne, correndo fuori per superare la nuvola. Poi sarebbero discesi con le ciaspole, tutti insieme per non lasciare indietro nessuno. Sarebbe stato un sogno se ci fosse stato un gatto delle nevi pronto lì per loro, ma Fabio aveva escluso che ce ne fossero, almeno nell'area osservata da lui e Marianne. Forse poteva essercene rimasto uno all'interno dell'area tagliata fuori dalla nebbia, ma nessuno avrebbe avuto il coraggio di avventurarsi a perlustrare il luogo in quelle condizioni. E con tutta probabilità i mezzi cingolati erano stati tutti impiegati per l'evacuazione.

"Non so se ce la farei senza sci", pensò Fabio. Era troppo provato e ora gli veniva anche da vomitare. Anche con gli sci, in quello stato non sarebbe riuscito a fare cento metri. Domani si sarebbe ripreso, forse, se ci fosse stato un domani. Appoggiò la testa sulle braccia incrociate sul tavolino e si lasciò andare.

Iris e Barbara scesero con gli altri quando la luce cominciò a scarseggiare. Di sopra non si resisteva dal freddo, dissero, ma sembravano serene e taciturne. Avevano l'aria di chi non solo avesse mangiato la foglia, ma anche tutto l'albero.

Le serate estive sono lunghe a queste altezze. Avrebbero fatto in tempo, tutti loro, a organizzarsi meglio. Prima di tutto non potevano rimanere lì: il freddo era ormai insopportabile. Poi avrebbero dovuto affrontare il buio di una notte. Trasferirsi nell'altro lato della montagna era l'unica soluzione, dove ancora potevano usufruire dei vantaggi della corrente elettrica. Occorreva portare via tutto ciò che ritenessero utile. Per quello nel negozio c'erano sacchi, zaini e borsoni di ogni tipo.

Fabio fu invitato ad alzarsi per ultimo. Si vedeva che era conciato male e le ragazze non se la sentivano di coinvolgerlo in quel nuovo spostamento. Quando prese coscienza della situazione fece un segno di assenso e si alzò in piedi, ma solo per crollare a terra senza equilibrio. Barbara e Maria lo sollevarono e lo lasciarono andare non appena dimostrò di farcela. Fabio fece alcuni passi e poi vomitò, aggrappandosi a un tavolino.

«Che ti succede Fabio?» Maria cercò di tenergli la testa. Lei era un'esperta in questo, con tutti quelli che aveva soccorso in astinenza, ma era anche molto agitata e preoccupata per lui.

«Sto bene, ok, adesso sto bene. Deve essere la reazione alla sostanza con cui sono venuto in contatto. Posso farcela da solo, grazie.»

Erano solo in sei, compresa Arlette, e sembrava un esodo biblico. «Che bisogno c'è di portare tutta questa roba, quando possiamo venire a prendere quello che ci serve? Sono solo pochi metri.»

«Non si sa mai» rispose Iris. A quella frase non c'era replica.

L'ulteriore espressione sarebbe potuta essere «te l'avevo detto». Esisteva più di un ragionevole dubbio che le cose potessero mettersi male per loro, e quindi era meglio prendere delle precauzioni. In questo le donne sono sempre più prudenti degli uomini. Lui comunque non avrebbe portato nulla. Ci voleva tutta che riuscisse a stare in piedi.

La zona della stazione era sufficientemente riscaldata e illuminata. La sala video aveva solo le poltroncine a uovo, non confortevoli per dormire come dei veri letti, ma per sdraiarsi a dormire si sarebbero potuti trovare un angolino sulla moquette. Si erano portati via copertine di pile, teli isolanti e giacche imbottite, sufficienti per stare comodi. Inoltre Maria aveva trovato un piano di cottura a induzione portatile che avrebbe consentito di bere un caffè solubile caldo. Tutto sommato era ammirevole questo senso pratico femminile che Fabio non possedeva. Lui però chiese di accertarsi di aver chiuso bene la porta blindata che sbarrava la sezione ristorazione dal corridoio. Un'analoga porta sbarrava dall'altro lato il corridoio dalla zona relax. L'unica cosa che davvero premeva a Fabio in quel momento era che gli lasciassero l'unico bagno libero in zona, dove mettere la testa nel water. Se la sua era un'intossicazione, lo stava mangiando dall'interno un po' alla volta. Forse sarebbe stato meglio parlare di avvelenamento, per quanto non cambiasse il suo stato di malessere e di prostrazione.

Cominciò a temere che non ce l'avrebbe fatta.

Maria si prese cura di lui. Tirò giù delle tende pesanti di velluto e improvvisò una specie di giaciglio dietro alle poltrone. Lo coprì con una coperta isotermica dorata e con un pile.

A quel punto poté solo augurarsi di guarire in fretta o di morire altrettanto in fretta senza strazio. La nausea non cessava, ma i conati di vomito per il momento non lo tormentavano, così poté pensare a Marianne, a loro due, a quanto sarebbero potuti essere felici, a quanto lei era stata coraggiosa. E se non ce l'avesse fatta? Se quelle creature intelligenti avessero ben altri mezzi che una nuvola per nascondersi? Se avessero intercettato Marianne durante la fuga? Se le fosse successo qualcosa non se lo sarebbe mai perdonato. L'avrebbe dovuta proteggere stando con lei. Avrebbero dovuto condividere insieme quell'avventura. Ma perché Marianne non l'aveva voluto partecipe del suo colpo di testa? Forse perché le probabilità di farcela erano scarse e aveva voluto salvare almeno lui. Oppure con quello che gli era successo, il suo malessere, riteneva la sua presenza rischiosa per entrambi. C'era un'altra cosa che lo tormentava. Perché non avevano visto elicotteri o aerei nel cielo quando lui e Marianne erano saliti alla terrazza panoramica? Nelle zone fuori controllo della nuvola non si vedevano eserciti a contrastarne la presenza. Sembrava che il mondo là fuori si fosse dimenticato di loro. E se il mondo non fosse più stato lo stesso di prima? Se qualcosa avesse annientato in parte o tutta l'umanità? In quel caso quel puntino, che segnava ampi zig zag sullo schermo, e doveva essere per forza la sua Marianne, che fine avrebbe fatto una volta giunto a valle? Con questi pensieri Fabio sprofondò nei suoi incubi.

La pista era sgombra e lui stava sciando alla velocità del vento dietro Marianne che vedeva in lontananza, ma che non riusciva a raggiungere. Non colmava la distanza. Se si voltava appena, riusciva a scorgere quell'immonda massa gassosa che lo tallonava e guadagnava terreno. Per quanto usasse tutta la tecnica conosciuta e la sua esperienza, non riusciva ad andare più veloce. Sudava per lo sforzo immane, ma gli sci erano frenati dalla neve che gli era ostile. La nuvola era proprio dietro di lui, gli lambiva le spalle, lo sopravanzava di una spanna. Fabio sentì un tentacolo afferrargli il braccio e tirare con forza. Avrebbe voluto gridare e invece il fiato gli rimase mozzato. Sentì che stava soffocando.

Spalancò gli occhi nella luce delle strisce a led sul soffitto e vide il viso di Arlette a poca distanza da lui che lo osservava con sguardo spiritato, mentre lo strattonava per farlo alzare. «Arlette, fermati. Smetti per favore.» Fabio riusciva appena ad articolare le parole. L'ambiente era caldo, almeno a paragone con la cabina dove aveva vissuto l'inizio di quell'incubo che pareva non finire mai, ed era immerso nel sonno.

Maria avrebbe dovuto essere di guardia, ma dopo un po', quando le sembrò tutto così tranquillo da non lasciar prevedere alcuna minaccia alla loro sicurezza, decise di meritarsi la sua dose di felicità. Si sparò in vena il suo antidoto alla paura con il sorriso stampato sulla faccia. Sarebbe stata più forte, dopo. Venissero pure i mostri ad affrontarla. Non li avrebbe temuti. Forse al contrario sarebbero stati loro a dover temere lei. Perché lei sapeva essere forte, quando occorreva. Non le sarebbe successo nulla perché lei ora era invincibile. Le luci e i colori dell'ambiente si confusero in una sinestesia di voci dentro di lei e una musica che sapeva di consolazione.

Arlette era decisa a non mollare. Non l'aveva mai vista così diretta. Se solo Carol fosse riuscita a vederla. Ma lei era sprofondata in un sonno profondo, inarrestabile, un sonno taumaturgico che doveva risistemare la percezione della realtà in una mente sconvolta da fatti incredibili. Arlette tirava e tirava. Gli ricordò il suo pastore tedesco quando insisteva a strattonarlo per una manica per condurlo dove voleva lui, di solito davanti al guinzaglio. Con fatica si mise a sedere. Un'ombra scura gli passò davanti agli occhi e gli sembrò di soffocare. Poi si mise in piedi, aiutato dalla forza di Arlette. Tutto questo non aveva senso.

«Dove mi vuoi portare? Che cosa devo vedere?» Pensò che avrebbe dovuto avvisare almeno una di loro. Ma le parole gli sfumarono sulle labbra mentre Arlette lo trascinava nel corridoio. Fabio girò gli occhi verso le ragazze e fu il suo ultimo richiamo di aiuto.

Cadde a metà corridoio. La nausea era soverchiante. Neppure i conati smossero Arlette dalla sua determinazione. «Ti prego, dammi tregua. D'accordo vengo. È urgente, l'ho capito.» Fabio era ubriaco dal malessere. La bambina però aveva dimostrato di sapere il fatto suo, e se insisteva allucinata dall'urgenza e per di più aveva scelto proprio lui, forse era perché le ricordava la figura del padre, e voleva dire che la cosa era grave. Si sforzò di seguire la bambina. Tutto quello che doveva fare in fondo era di mettere i piedi l'uno davanti all'altro. «Come facciamo adesso?» Fabio si arrestò di fronte al corridoio che ormai era buio pesto. Fece ancora qualche passo, deciso a tornare indietro a prendere almeno una torcia. Invece sopra le teste i led si accesero al loro passaggio e continuarono a illuminare il corridoio man mano che procedevano verso l'area ristorazione. Nella hall d'ingresso, dopo la porta di metallo, l'ambiente era ghiacciato e loro non erano coperti in modo adeguato.

«Arlette non possiamo...»

Lei tirò ancora più forte e gemette lamenti gutturali.

«Va bene, ma solo un attimo. Carol non mi perdonerebbe mai se ti ammalassi per colpa mia.» Lei non lo ascoltava. Stava parlando da solo. Arlette scavalcò la barriera antiritorno che li divideva dall'entrata a pagamento dell'area di accesso al palazzo del ghiaccio, un'attrattiva che in tempi migliori avrebbe visitato volentieri. Per lui non fu facile fare lo stesso nelle sue condizioni e poi il metallo era incrostato di ghiaccio, come ogni cosa in quell'andito. La porta a vetri blindata che dava sull'esterno era aperta, e da lì il vento sibilava neve e rabbia. «E adesso? Vedi, non c'è nulla. Dai, torniamo indietro. Può essere pericoloso qui.» Arlette gli sorrise e fece un no deciso con la testa. Comunicava con lui. Non doveva essere così, non secondo le parole di Carol. Arlette chiamò l'ascensore che portava alle gallerie. Lui e Marianne non ci avevano neppure provato, perché non c'era corrente qui. Già, ma adesso sì. E perché? Le porte si aprirono. Lei lo tirò dentro e premette il pulsante. Cinque piani più sotto la porta si spalancò e Fabio, forte dell'esperienza sgradevole vissuta di recente, rimase sulla soglia guardingo e spaventato, sebbene l'ambiente a luce diffusa ispirasse fiducia.

Arlette gli lasciò la mano e si fece da parte, poi con un gesto inaspettato diede una forte spinta a Fabio che stramazzò in malo modo. Arlette richiuse le porte dell'ascensore.

Lì per lì si sentì così disorientato da non aver ben chiaro che cosa fosse successo. Pensò di essersi rotto qualcosa perché una spalla gli doleva ricordandogli una delle brutte cadute della sua vita di campione, quando si era lussato proprio quella spalla e il dolore per risistemargliela era stato atroce. No, questa volta non doveva essere andata a quel modo. Ma perché Arlette lo aveva fatto? Una bimba di sette anni dove trovava tutta quella energia? Se non fosse stato uno coi piedi per terra avrebbe fantasticato sui misteri delle possessioni, ma lui non credeva a certe assurdità e Arlette era solo una bambina autistica che comunicava con gli alieni. Rise. Rise per non piangere, per non ammettere che non ci capiva più niente, e perché non era così stupido da non comprendere con una buona approssimazione che stava arrivando la sua ora. Se solo avesse potuto sapere che fine aveva fatto Marianne, avrebbe accettato tutto. Se lei non ce l'avesse fatta, quello che di peggio gli sarebbe capitato lo avrebbe accettato addirittura come una liberazione da tutto il male che lo divorava dentro.

Si alzò e si guardò intorno. "Se non mi è capitato niente sinora, forse non mi succederà niente neanche dopo", pensò. Bel modo di farsi coraggio, davvero. Le gallerie erano illuminate per l'unico turista che in quel momento le attraversava. Sapeva di trovarsi dentro al ghiacciaio. Era difficile non crederlo, visto il freddo che gli attanagliava i muscoli. Notò che i sedili messi a disposizione dei turisti erano ricoperti di pelliccia. Ne strappò una e se la mise sulle spalle. Questo non gli impedì di battere i denti con il tremito convulso. La nausea era sempre lì a tormentarlo e si sentiva mancare.

Nonostante tutto si mosse per le gallerie, perché era inutile stare fermi a fare niente. Lì c'era la risposta alle sue domande. Doveva esserci per forza. E lui voleva chiudere la faccenda senza agonie. Gli effetti del ghiaccio, attraversati da raggi di luce giostrati con maestria dai tecnici e dagli artisti, che avevano curato l'allestimento delle sculture, erano a dir poco strepitosi. Peccato non coglierne la bellezza con lo spirito giusto. Fabio percepiva un ambiente segnato dalla presenza umana, dalla creatività. Sarebbe bastato questo per allontanare da sé l'idea di un elemento estraneo, alieno, che si aggirasse in quel labirinto di riflessi.

La sensazione era quella di chi, nella casa degli specchi, si ritrova sempre nello stesso luogo. Lui seguiva un percorso non segnato, che a volte finiva in una galleria morta, a volte in una che ancora non aveva esplorato e di nuovo tornava al punto di partenza.

Era deciso a trovare una via d'uscita, perché doveva esserci una via di fuga alternativa all'ascensore. Così strappò le tende di plastica che occultavano alcune parti del crepaccio ancora in cantiere. Poi, mentre scostava una paratia che vietava di entrare ai non addetti ai lavori, si spaventò a morte per un'ombra scura che si mosse repentina di fronte ai suoi occhi. Per la sorpresa perse l'equilibrio e cadde sul pavimento. Scivolò vicino a una bassa galleria che, dalla scritta in tedesco, doveva servire per una nuova attrazione turistica. Rischiava di cadervi, perciò si aggrappò alla passatoia antiscivolo che segnava tutto il percorso. Sfortunatamente però perse la presa quando la paratia si aprì di colpo, mostrando quello che non avrebbe mai voluto vedere.

Scivolò lungo quella specie di caverna dalle pareti lisce di ghiaccio e la discesa sembrò non finire mai. Alla fine si trovò catapultato in un ambiente circolare scarsamente illuminato, con una sostanza sul fondo che lo aveva bloccato, impantanato. Com'era possibile che ci fossero delle sabbie mobili laggiù? Perché la sensazione era proprio quella. Se si muoveva sprofondava sempre un po' di più. Se restava immobile poteva quasi galleggiare sulla superficie, quasi, perché anche se con lentezza, il fondo inesorabile lo attirava a sé. Le mani gli restarono incastrate in quella sostanza e allora la riconobbe: era la stessa materia collosa che lo aveva già ricoperto in precedenza. Capì che per lui non ci sarebbe stata speranza di uscire da lì. Era giunto al capolinea. Pensò alla sua vita piena di soddisfazioni e infine a Marianne che lo fissava per l'ultima volta. Dopodiché si lasciò andare.

10.

Carol si svegliò di soprassalto. «Arlette!» Aveva realizzato, in un attacco di panico, che la bambina poteva essere in pericolo. Intorno a lei Barbara, Iris e Maria dormivano un sonno profondo. "Maria? Non doveva essere il suo turno? Perché non mi ha svegliato?" Fabio non era al suo posto. Arlette non c'era, ma ne sentiva la voce. Forse Fabio stava male, forse era in bagno e forse Arlette lo aveva accompagnato, per quanto per lei insolito.

Arlette era nel corridoio e correva avanti e indietro, facendo l'aeroplano con le braccia ben tese in aria che si mettevano quasi sulla verticale quando doveva virare. Diede un'occhiata al grande pannello all'entrata che, oltre alle informazioni scorrevoli, segnava l'ora. Erano le 3:10. Abbracciò Arlette per calmarla, ma lei fuggì via e quasi le fece perdere l'equilibrio. Lei era in volo e nulla l'avrebbe costretta a fermarsi. Il suo viaggio era lungo e richiedeva pazienza e concentrazione.

Carol bussò alla toilette vicina e, siccome nessuno rispondeva, girò la maniglia. All'interno nell'antibagno non c'era nessuno e la porta del gabinetto era aperta. Fabio, nelle sue condizioni, doveva essersi allontanato per un motivo davvero importante.

Forse stava male ed era andato a cercare qualcosa che lo facesse stare meglio. Ma dove? Il corridoio ora era tutto illuminato e la porta di metallo era spalancata. Era ragionevole pensare che fosse stato Fabio che per qualche motivo fosse tornato al bar. Lei non se la sentiva di andare a cercarlo da sola e neppure di consegnare Arlette a una delle altre.

«Arlette, ascolta la mamma. Ascolta, per favore. Hai visto dove è andato Fabio? Arlette, per favore!» Inutile. Come parlare a una cascata con la speranza che, in tutto quel frastuono, risponda almeno l'eco della propria voce. Le sarebbe bastato un dito puntato. Niente. A volte era esasperante un figlio con un disturbo come quello di Arlette. L'ostinazione era una sua caratteristica, specialmente nei momenti in cui comunicare diventava vitale per gli altri. Sembrava lo facesse apposta a comportarsi come se non sentisse o non capisse, ma Carol sapeva che invece era capace di ragionare e fare le sue scelte. Il difficile per lei era rapportarsi agli altri e la tensione che coglieva in loro era forse un ulteriore motivo di chiusura.

«Arlette ascolta, facciamo un gioco.» A Carol venne in mente di stupirla e, così facendo, di indurla a rivelarsi. Andò a prendere i suoi pennarelli e cominciò a fare dei grandi cerchi e incroci di linee che campiva con un tratteggio approssimativo. Disegni astratti su un muro. Una cosa di norma proibita anche per Arlette, che aveva chiaro il concetto di vandalizzare.

La cosa fuori dagli schemi funzionò. Arlette si avvicinò e si unì a quel gioco bizzarro, ma eccitante. Lei preferì i pastelli a cera che lasciavano il segno più marcato. Ne consumò una gran parte, infervorata. Era grata alla sua mamma. Carol si domandò che cosa, in seguito, avrebbero pensato quelli laggiù, vedendo quello scempio. «Vaffanculo! Così imparate a lasciarci soli!»

A questo punto aveva perso anche la fiducia in Dario. Se fosse stata in lui, si sarebbe arrampicata da sola su per la montagna, pur di raggiungere la figlia, contro il parere di tutti. Lei lo avrebbe fatto. E se lui lo avesse fatto sul serio, di tentare di raggiungerle? E se qualcosa fosse andato male e Dario fosse morto? Non bisognava pensare a certe cose. Ma come le venivano certe idee? Doveva essere per quell'ora maledetta del mattino, l'ora della morte. Ogni tanto qualche rumore di aereo o altro si sentiva in lontananza, quindi l'umanità resisteva là fuori.

Allora avrebbero resistito anche loro, qui dentro.

Si decise a percorrere l'intero corridoio, girandosi ogni tanto per controllare Arlette. Era infervorata a disegnare sul muro. Se le avessero dato delle vernici spray avrebbe riempito la galleria di graffiti che al confronto la metropolitana di N.Y. sarebbe sembrata un posto grigio e squallido.

Oltre la porta di metallo fu assalita da un gelo pungente. L'energia elettrica doveva essere tornata da poco e i condizionatori ancora non avevano alzato la temperatura. Sbirciò nella hall di passaggio e notò che oltre il cancello per accedere all'interno del ghiacciaio c'era una quantità di neve ovunque, e il freddo oltre quel punto diventava insostenibile. Chiamò Fabio a voce alta, diverse volte. A meno che non si fosse trovato al piano superiore, l'avrebbe sentita. Lei non sarebbe andata oltre. Solo l'idea le metteva i brividi. E poi non era nemmeno sicura che lui fosse lì. Forse poteva trovarsi in uno dei magazzini o uno dei tanti recessi riservati al personale. Rimase così, con la testa confusa, finché non decise di tornare al loro accampamento improvvisato.

Arlette aveva disegnato qualcosa che aveva un senso intelligibile. Quello era di sicuro un pianeta. Le ricordava Saturno perché aveva gli anelli, solo che questo ne aveva tre coppie in parallelo ed era circondato da dei satelliti. Quanti ne aveva Saturno? Nel disegno Arlette ne aveva disegnati almeno venti, posti su diverse orbite. Carol avrebbe voluto che Fabio lo vedesse. Se non era un messaggio questo! Era possibile che Arlette ricevesse delle suggestioni per fare capire le loro buone intenzioni, ma in realtà tutto poteva ancora essere rovesciato a loro sfavore. Ormai non sarebbe tornata a dormire e si sarebbe accollata il turno di Iris, sino alle sei circa di quella nuova giornata. Provò a spostarsi verso la zona di arrivo. Se era tornata la luce in tutto il complesso forse Fabio aveva agito dalla sala comandi. Ma lui non era da nessun parte e non rispondeva. Tutto tranquillo, a parte degli strani bagliori che dall'esterno si riflettevano sul pavimento e sulle pareti. Si avvicinò allora a una delle vetrate che davano sulla pensilina di sbarco. Ricordava che Fabio aveva bloccato l'apertura automatica delle porte, altrimenti proprio non si sarebbe avvicinata a quel punto. Però forse sarebbe valsa la pena di rischiare per quello spettacolo di fronte ai suoi occhi.

La nebbia le impediva di vedere il cielo, ma oltre quel velo si scorgevano bagliori di un caleidoscopio di colori che ricordavano i giochi dell'aurora boreale. "Là c'è qualcosa", pensò. "Ma che cosa sei?" Arlette la raggiunse e rimase incantata al suo fianco, finché per la contentezza incontenibile si mise a battere le mani. La galleria sembrava risuonare di quel battito e di risa di bambina.

«Che sta succedendo qui?» chiese la voce cavernosa e assonnata di Barbara. Ma non appena scorse quello spettacolo di colori restò anche lei senza parole.

A Barbara si aggiunse subito dopo Iris, anche lei sorpresa e turbata allo stesso tempo. Era difficile attribuire una connotazione positiva o negativa a questo nuovo fenomeno. Ma l'impressione era che non dovessero averne timore, che non le riguardasse direttamente.

Carol confidò invece le sue reali paure riguardo a Fabio. «Avete visto anche voi che non si reggeva in piedi. Dove può essere andato? È possibile che sia stato colpito da un malore e che ora sia in pericolo o peggio?»

«Se, come dici, esiste la possibilità che sia andato nella zona bar-ristorante, dopo aver riattivato luce e sistema di riscaldamento, magari ora si starà facendo un sonnellino in un vero letto.» Iris aveva la capacità di sormontare gli ostacoli con un'ingenua positività.

«Vi ho già detto che prima ci sarebbe da attraversare un pezzo di Siberia. E che nella zona ristoro le cose non credo siano meglio. Si sarebbe congelato prima che il riscaldamento potesse produrre un qualche effetto.»

«Comunque dobbiamo fare qualcosa, non credi? Fabio al posto nostro cosa avrebbe fatto?»

«Ci sarebbe venuto a cercare, ecco cosa avrebbe fatto. E allora noi che aspettiamo?» Le parole di Barbara non lasciavano dubbi su chi fosse l'alfa dominante a guidare il gruppo. A Carol faceva piacere di non essere in compagnia di donnette isteriche prive di iniziativa, ma Barbara avrebbe potuto mancare di prudenza.

«Proprio adesso che non sappiamo che cosa stia succedendo là fuori dobbiamo tornare a rischiare? Suggerisco di sbarrare di nuovo le porte di ferro da entrambi i lati del corridoio e rimanercene qui ad aspettare al sicuro, sempre che esista un posto sicuro.»

«Ti rendi conto di che cosa dici? Taglieresti fuori Fabio non solo dall'aiuto di cui forse ha disperato bisogno in questo momento, ma anche dalla possibilità di tornare qui.»

«Non voglio neppure, però, che per la sindrome di Supergirl mia figlia debba rischiare di perdere la vita. Vai tu se vuoi.»

Un boato fece tremare le pareti del tunnel di pietra dove si trovavano. Dei vetri andarono in frantumi. Intorno a loro cadde un po' di tutto. Al primo boato ne seguirono altri meno deflagranti.

Dopo i primi attimi di smarrimento, in cui si abbassarono d'istinto sino a terra, come si fosse trattato di un terremoto, si guardarono intorno e parlarono tutte insieme. Arlette sembrava impaurita per la prima volta, tanto che si gettò tra le braccia di Carol a chiedere protezione. «Che pensate stia succedendo?»

«Deve essere ripresa un'offensiva da parte dei nostri!»

«Ma non lo sanno che ci siamo noi qui dentro?»

«Lo sanno o non gliene frega un cazzo di noi. Se non sanno che ci sono dei sopravvissuti vuol dire che Marianne non ce l'ha fatta. È possibile. Se quel puntino sullo schermo fosse stato un animale, per esempio?»

«Gli animali di qui saltano, non scendono facendo il cristiania a livello professionale.»

«Mi auguro che tu abbia ragione, Barbara. Ma allora, siamo sacrificabili? Dario avrà sollevato un polverone mediatico. Si sarà appellato ai politici. No, non ci credo.»

«Magari avranno calcolato che siamo dentro una montagna, un bunker naturale, e a meno che non usino il nucleare, dovremmo resistere a lungo, qua sotto. Sempre che ci togliamo dalle gallerie. Gli effetti degli spostamenti d'aria potrebbero essere peggiori di una bomba in testa.» La saggia considerazione di Iris venne subito messa in pratica. Si spostarono all'interno dell'ultima delle stanzette a cannocchiale di un deposito materiali e badarono di chiudere bene le porte.

«Se stiamo qui asserragliate non potremo avvertire Fabio in nessun modo» disse Barbara.

«Se dovesse tornare e non ci trova? Lasciamogli un messaggio, un segno sul muro della galleria.» Carol si era già lanciata all'esterno col sacchetto dei colori di Arlette. Tracciò grandi frecce e scrisse "Fabio siamo qui" in caratteri monumentali. Chiunque l'avrebbe notato.

Arlette girò e rigirò il mozzicone di pastello a cera di colore rosso, contrariata che glielo avessero consumato tutto.

I tremolii e le vibrazioni, che accompagnavano tutto quel fracasso all'esterno, continuavano con momenti di pausa illusori e altri in cui sembrava che nella galleria passasse un treno. Avevano fatto bene a rifugiarsi ancora più in profondità nella roccia. Le porte tintinnavano come bicchieri di cristallo, e a volte ricevevano dei colpi, degli urti, che a Carol ricordavano quella volta che era andata in crociera alle Barbados e il mare aveva colpito le murate della nave a forza nove. Là fuori degli umani stavano dissuadendo ciò che recepivano come ostile, usando mezzi di distruzione di massa.

Noi sappiamo fare solo quello ormai, distruggere a distanza, e la chiamiamo prevenzione. Carol era stufa della guerra. Suo padre era morto nella guerra del Golfo. Un italoamericano aveva il dovere servire chi dava da mangiare alla sua famiglia. È un mestiere come un altro finché c'è la pace, ma quando scoppia la guerra è tutta un'altra faccenda. In guerra si muore di morte vera, non è come nei film. Oggi ascolti la voce allegra di tuo padre e il giorno dopo è di ritorno a casa, in una cassa. E quello che resta sono le sceneggiate delle cerimonie di Stato, alle quali neppure i bambini possono sottrarsi. La piccola Carol aveva ancora tanta rabbia in corpo che avrebbe voluto far saltare in aria la nuvola insieme a tutti i mezzi di difesa nazionale che stavano in quel momento sciamando per quelle valli.

«Quando finirà tutto questo? Quando?» Maria piangeva. La stanchezza aveva ormai prevalso su tutte le riserve della sua giovane età. Non dormivano ormai da troppo tempo. "Già. Da quando? E chi se lo ricorda più." Niente di quello che avevano fatto nelle ultime trentasei ore, più o meno, somigliava a qualcosa di normale. Per praticità si era raccolta i capelli con uno spago in una coda di cavallo, che le conferiva un'aria ancora più sofferta, il viso smunto, il corpo emaciato. Gli occhi si perdevano nelle orbite a causa di due profonde occhiaie. Iris le prese la mano e la accarezzò come si fa con i bambini per calmarli.

«Siamo ancora qui, no? Ce la faremo. Tu hai l'aria di conoscere l'Inferno, Maria. Per questo riuscirai a cavartela meglio di noi. Vieni qui.» Le due donne si abbracciarono sotto gli occhi attenti di Barbara che non capiva se era più gelosa o invidiosa per quel gesto così tenero, così condiscendente, e che lei ancora non aveva sperimentato. Iris l'aveva guardata solo con un misto di desiderio e di timore. Si chiedeva se avrebbero avuto modo di scoprire le sfumature dell'espressività dell'altra, se il tempo concesso loro fosse ancora abbastanza lungo da consentire a entrambe di conoscersi meglio. Perché l'unione si consolida con un'infinità di sorprese che impariamo ad amare nella persona che abbiamo scelto per la vita.

Dopo un quarto d'ora di silenzio assoluto Maria si alzò, decisa a controllare se potevano uscire da quel piccolo ambiente claustrofobico. Le altre si domandarono chi sarebbe uscito vincitore da questo secondo round. Il primo non era andato certo a buon fine per gli umani.

La galleria si era trasformata in un luogo polveroso, pieno di ogni genere di frammenti. Era ancora illuminata, ma la maggior parte delle strisce led erano ora penzolanti o spezzate. Le vetrate erano in frantumi, le porte di metallo divelte, persino l'accogliente sala audiovisivi era un campo di battaglia. C'era polvere dappertutto, pannelli sfasciati e confusione. Un turbine doveva essere passato di lì, intenzionato a lasciare il segno. Ovunque si sentiva un odore pungente che rendeva l'aria intossicata. Si respirava a fatica, tanto era pesante.

«Vado a dare un'occhiata sulla rampa della funivia,» disse Barbara, «Voi non muovetevi di qui.»

«Non andare, ti prego. Non sappiamo se è finita. Ti esporresti troppo. E sarebbe troppo azzardato se loro fossero ancora là fuori.» Iris la trattenne per un braccio con un'espressione così sconvolta che Barbara si fermò un attimo a guardarla per poi sorriderle con tenerezza prima di abbracciarla.

«Non mi succederà nulla, vedrai. Sono solo pochi metri. Se mi esplodesse qualcosa in faccia sarebbe solo sfiga.»

Percorse di corsa la galleria sino all'ingresso e verso la fine con l'animo sollevato, perché le pareva di aver visto l'aria polverosa lasciare il posto a un cielo azzurro. Uscì senza timore perché non c'era traccia di nuvole, bensì i residui di una recente devastazione. Si sentiva odore di fumo e vide piccoli focolai qua e là sin dove l'occhio poteva arrivare. Della cabina nessuna traccia, e anche i cavi dovevano essere stati tranciati. La funivia era andata. Avevano usato l'artiglieria pesante a quanto pare. Ma era finita. Se anche dall'altra estremità della galleria l'area fosse stata sgombra, avrebbero potuto seguire le piste e scendere. Ce l'avrebbero fatta. Qualcuno, con un po' di fortuna, avrebbe potuto scorgerli da lontano e allora i soccorsi sarebbero stati celeri e loro si sarebbero salvati.

«Dobbiamo ritornare al bar, trovare Fabio e senza perdere tempo scendere il più possibile a valle, senza farci sorprendere dal buio, però non prima di aver trovato un riparo adeguato» Barbara parlava mentre già spingeva le compagne verso quella direzione. Il suo istinto da capobranco stava prendendo il sopravvento.

Stesse scene di devastazione anche nella hall, e il bar era irriconoscibile. Tutto era mescolato con le macerie, e dovunque si notavano i riflessi delle vetrate ridotte in schegge minute. Il vento gelido smuoveva ogni cosa portando anche lì lo stesso odore acre, estraneo alla naturale leggerezza dell'aria fina di montagna.

Chiamarono Fabio ad alta voce, facendosi strada tra i detriti.

«Vado io.» Bisognava controllare il piano superiore, dove era presumibile che Fabio si fosse rifugiato per riposare. A Barbara si parò davanti lo stesso spettacolo del piano di sotto. I tavoli erano tutti accatastati in un angolo tra i vetri infranti e le posate della composizione di Arlette. Nel corridoio le camere verso l'esterno erano distrutte, le più con le porte divelte e i letti a castello rovesciati, quelle interne un po' meno malridotte, ma anche lì la devastazione era tangibile. Di Fabio nessun segno. "Meglio così. È inutile cercare qualcosa che ci faccia capire se Fabio sia stato davvero qui. Con tutto questo casino..."

«E allora dov'è Fabio? E adesso che facciamo?» Maria si stringeva i gomiti e teneva la testa incassata tra le spalle, pronta a qualche isteria al primo segnale negativo.

«Lo cerchiamo!» A Carol sembrava ovvio e prioritario pensare a uno di loro, piuttosto che preoccuparsi solo di salvare la pelle. Fabio non era uno qualsiasi. Era lui, quello che aveva rischiato tutto per il gruppo. Non se ne parlava di scappare via senza almeno tentare di capire che cosa gli fosse successo.

«Ma a che serve? È abbastanza ovvio che sia finito tra le grinfie di quelli là e...» Barbara schioccò le dita, «sparito. Come i coreani, ricordate? Oppure avrà fatto la fine di René. Chi può dirlo! Dobbiamo andarcene da qui al più presto, senza indugi. Ogni minuto di più potrebbe esserci fatale.»

«Sono d'accordo. Già in precedenza abbiamo assistito a una ritirata strategica, e se si ripetesse?» Per Iris era normale appoggiare Barbara. L'aveva ammirata sin da subito per quella sua sicurezza, che le veniva dalla piena consapevolezza della propria intelligenza. E per lei, così insicura di natura, significava tanto poter contare su qualcuno che non le passasse davanti come se fosse invisibile. La decisione giusta era quella: scappare il più lontano possibile da lì nel più breve tempo possibile. C'era in ballo quel futuro che le spettava di diritto, la speranza di un indennizzo per tutto il male che la vita le aveva fatto.

Si sentirono dei colpi in lontananza e poi sempre più vicini.

Veicoli che avevano infranto la barriera del suono, non c'erano dubbi. Jet militari supersonici sfrecciavano sulle loro teste con un rumore assordante e si dileguavano. Erano in ricognizione di sicuro. «Corriamo fuori, facciamoci vedere!» Maria fu rapida nel rimuovere gli ostacoli che si frapponevano tra lei e lo spazio aperto inondato di sole. Si sbracciò come se quelli potessero vederla, lontani già chissà quanti chilometri.

«È tutto inutile Maria. Non serve fare così. Ma potrebbero tornare. Potremmo preparare un segnale nel caso ci fossero altri passaggi, ad esempio un grosso SOS sulla neve.» Maria sembrava entusiasta dell'idea di Carol.

«È un'idea sciocca, scusami Carol. Perché stare a perdere del tempo per qualcosa che non sappiamo se si realizzerà? Pensiamo alle certezze, come alla notte che di sicuro calerà o al fatto che nessuno è venuto ancora a comunicarci lo scampato pericolo. Ve lo ridico, andiamo via subito!»

Carol era convinta che restare lì fosse ancora la cosa migliore. Aveva valutato i pro e i contro. Mettersi in marcia con le ciaspole non era scevro di rischi. E comunque andavano recuperate in quel caos o cercate in qualche deposito con un'ulteriore, ma inevitabile, perdita di tempo. Lei doveva pensare ad Arlette. Per contro, restare lì ad aspettare dei soccorritori, che prima o poi sarebbero dovuti venire, non era sbagliato, perché c'era cibo in abbondanza, bastava cercarlo, e in modo sorprendente c'era ancora l'energia elettrica prodotta da quello che restava dei pannelli solari ad assicurare luce e riscaldamento. Sarebbe bastato chiudere dove era possibile farlo e restare protette in uno dei piccoli locali di servizio, ideali per trascorrervi la notte. Avrebbero resistito nel loro fortino per un tempo molto superiore a quello che ci avrebbero messo per salvarle.

«Andate voi, io e Arlette resteremo. Qualcuno verrà a prenderci, ne sono certa.»

Arlette intanto si era nascosta per non farsi trovare, e i richiami di sua madre non portarono a niente. «Vedete, anche Arlette è d'accordo con me. Gioca a nascondino pur di non lasciare questo posto. Credetemi, è meglio così.» Quindi le altre si allontanarono, dopo aver abbracciato Carol ed essersi procurate il minimo indispensabile per affrontare il viaggio. Avrebbero avuto il vantaggio di sei, forse sette ore di luce.

Arlette sbucò dal suo nascondiglio tutta radiosa. «Andiamo piccola, ora siamo sole e dobbiamo pensare a trovarci la sistemazione migliore per la notte. Aiutami a riempire questa borsa con cose da mangiare e da bere, e poi cerchiamoci una stanzetta riscaldata.» Nel suo cuore avrebbe ancora sperato che quel ragazzo sportivo così altruista spuntasse dal nulla, ma Barbara con la sua logica teutonica non aveva tutti i torti. Fabio era stato attaccato già una volta dagli alieni e, considerato come era andata la nottata, non sarebbe stato assurdo pensare che fossero tornati da lui, a finire il lavoro. Solo che non si capacitava del perché si fosse allontanato dal gruppo, malato e malandato, senza dir nulla.

Contavano sul fatto che le piste dovessero essere ancora battute. L'importante era avere buone calzature e avere scorte di calzettoni di varie misure. Iris aveva insistito a portare più nastro isolante possibile. "Non si può immaginare quanto sia utile un nastro sigillante quando si deve improvvisare, ad esempio se ti si spezza una stringa e lo scarpone ti salta via a ogni passo o peggio se ti si scolla una suola." La donna era soddisfatta di sé e delle sue piccole manie di sopravvivenza. Anche gli spilloni da balia a volte diventavano preziosi, così come ogni sorta di fili, corde ed elastici. Piccoli accorgimenti avrebbero potuto evitare perdite di tempo, rischiosi rallentamenti, contrastare gli imprevisti.

Le racchette si rivelarono subito utili. Bisognava tenere l'equilibrio sul terreno sconnesso, ricoperto di detriti di ogni genere che si presentava, all'inizio della pista nevosa, in uno stato altrettanto disastrato. Dopo aver percorso non più di cinquecento metri Maria, che era in testa, si fermò dicendo che non si sentiva bene: le veniva da vomitare. Diede più volte di stomaco e cominciò a tremare. Barbara e Iris si scambiarono un'occhiata che comunicava lo stesso pensiero, la droga. Avevano già iniziato la fuga con il piede sbagliato. Si scambiarono di posto, con Maria nel mezzo, ma dopo pochi metri si fermarono ancora per la sensazione di strane vibrazioni che attraversavano il corpo a partire dal suolo. Un suono, che ricordava loro il ronzio dell'alta tensione, si faceva sempre più forte, e a un certo punto Barbara avvertì l'aria sussultare davanti a sé e una forza respinse la sua mano con un fremito che provocò a sua volta piccole scosse dolorose.

«Dobbiamo tornare indietro. Subito. Siamo esposte a un potente campo elettromagnetico, una barriera o qualcosa del genere.» Non ci misero molto a tornare sui loro passi. Si domandarono se si trattasse di un'arma di difesa dei loro governi, rimasta sinora segreta, o se piuttosto non fosse opera degli alieni. In quel caso significava che non se ne erano affatto andati. Quando varcarono di nuovo le porte d'ingresso, Carol e Arlette erano già andate via. Si sentirono sconfitte, affrante e spogliate di ogni speranza.

11.

Aveva scelto il piano B e adesso doveva essere forte per andare avanti risoluta. Lei era campionessa di tenacia se occorreva. Lo doveva ad Arlette. Anzi, era proprio lei con la sua ingenuità e spensieratezza a darle la spinta per non mollare. Alla fine tra loro due la più forte era sua figlia.

Trovarono quasi subito lo stanzino riscaldato che faceva per loro, quasi di sicuro uno spogliatoio per gli addetti alla manutenzione, viste le tute appese e gli stipetti. Forse uno di quelli apparteneva al povero Samuel, e Carol pensò all'abisso di ingiustizia che la separava da quegli avvenimenti. Per chi lotta per la sopravvivenza il tempo scorre in modo diverso. Samuel era un brav'uomo, non meritava certo di stare senza la testa in una cabina della funivia, precipitata chissà dove sul ghiacciaio.

Ispezionò gli armadietti di ferro. Non si poteva essere certi che non si trovasse qualcosa di utile. Delle confezioni di fazzolettini di carta ad esempio sarebbero stati già un gran regalo. Arlette le comunicava impazienza. E lo faceva come solo lei sapeva fare. Le si metteva di fronte e la fissava con insistenza, mugolando ogni tanto. Forse aveva imparato da Toby, il cane dei Kravitz, i loro vicini. Arlette ci giocava delle ore e insisteva per averne uno anche lei, ma un gatto bastava e avanzava. «Che cosa c'è, Arlette? Hai bisogno del bagno?» La bambina restò impassibile. «Hai fame? Che ne dici di una barretta di Mars?» Sempre imperturbabile. «Allora aspetto finché non ti decidi, amore mio.» Arlette prese una mano della mamma e vi appoggiò il viso sul dorso, poi la prese e cominciò a tirare.

Conosceva il sistema delle gallerie come se fosse sempre vissuta lì sotto. Carol pensò che sua figlia aveva la capacità di memorizzare cose per cui lei non ci avrebbe neanche provato, ed era possibile che avesse visto una delle tante mappe del sistema a uso turistico. Ma ciò non spiegava come lei avesse confidenza anche di aree interdette al pubblico e non stampate su alcuna piantina. Si fermò di fronte a una porta chiusa a chiave. Era chiaro che bisognava passare di lì. "Devo trovare il modo di aprirla o qui ci facciamo notte", pensò Carol, mentre si sforzava di ricordare dove aveva visto una mazzetta da muratore.

La porta in anodizzato e laminato plastico cedette senza problemi. Dopo un breve corridoio, delle ampie scale a chiocciola di metallo dovevano scendere a precipizio, perché Carol non ne scorgeva la fine. Una scritta in tedesco faceva intuire che la scala collegava il personale al palazzo di ghiaccio. Doveva esserci anche un montacarichi da qualche parte, forse all'esterno del complesso. Arlette insisteva per scendere, così Carol decise di accontentarla, perché a parte l'inevitabile freddo costante, laggiù non avrebbero corso pericoli, essendo un luogo blindato all'interno del ghiacciaio.

La scala era ampia e leggera ma non finiva mai. Alla fine si ritrovarono in un altro ambiente dall'aspetto di magazzino e da lì, oltre una porta dalla chiara scritta VERBOTEN, si accedeva alla vera e propria attrazione turistica, attraverso un budello scavato nel ghiaccio.

Carol restò senza fiato. La pubblicità non rendeva giustizia a tale meraviglia. Un sapiente gioco di fari illuminava gli ambienti in modo che le lame di ghiaccio riflettessero a loro volta la luce, scomponendola in arcobaleni, come tanti diedri. Non si stupì tanto delle sculture, comunque stupefacenti, quanto dell'insieme di una realizzazione così fredda, eppure così accogliente. Si sedette di fronte a un'aquila di ghiaccio che la guardava torva e per qualche istante si deliziò ad ammirare tanta bellezza, mentre Arlette come al solito sfarfallava intorno. Il sistema sinora utilizzato non era molto esteso, e l'avevano visitato in pochi minuti, perciò ricacciò indietro la voce che le diceva di non allontanarsi troppo. Dove sarebbe potuta andare in effetti? Alcune gallerie secondarie, tutte peraltro piuttosto ridotte, erano in allestimento ed erano sbarrate da catene di plastica bianche e rosse. Alcune nicchie erano protette da teli semitrasparenti. Arlette scansò una barriera e si introdusse oltre una tenda. Carol la lasciò fare ma poi, pensando che lì dietro potevano esserci materiali in stato precario, temette che la sua bambina si sarebbe potuta fare del male. Così si alzò anche lei.

Lì davanti a quella statua c'era Arlette che le sorrideva compiaciuta.

Carol si sentì mancare. Non si sarebbe mai aspettata una sorpresa così. Un misto di emozioni tra stupore, orrore, confusione, angoscia e compassione la inchiodarono lì con gli occhi spalancati a fissare quella cosa che non aveva nulla di umano, ma che ne preservava l'essenza. La statua di ghiaccio riproduceva esattamente le fattezze di Fabio, quello che lei ricordava con gli stessi vestiti, le stesse scarpe. Ma di ghiaccio. Solo l'espressione del viso non era famigliare, imprimendole un peso all'imboccatura dello stomaco che si sarebbe sfogato in un conato di vomito di lì a poco. La bocca di quel Fabio trasparente come vetro era spalancata nell'atto di gridare il suo sconcerto, e gli occhi erano sgranati dal terrore.

Mentre una gamba era tesa, l'altra restava piegata, indietro, e le mani erano sollevate, le dita rattrappite, pronte a parare il colpo. Alla fine il rigurgito arrivò alla gola e Carol uscì da quello spazio di angoscia tra teli di nailon.

La sorpresa aveva prevalso sulla ragione e le emozioni prevaricato il giudizio, ma subito dopo la coscienza di essere loro stesse in pericolo si avventò sui pensieri, facendola impallidire. Che significa questa cosa? Chi ha riprodotto le fattezze di Fabio così bene? Oppure era proprio lui trasformato in ghiaccio? Le domande si accalcavano senza risposta, e alla fine solo una aveva senso in quel momento: che fare? Non si può trasformare la materia come se niente fosse, neppure nelle peggiori fiabe del medioevo più buio. Dunque tutto questo non aveva senso per lei. Al contrario Arlette sembrava soddisfatta e allegra come se quello fosse il paese dei balocchi.

Dovevano andarsene subito da lì. Si tirò dietro Arlette sino alla porta da cui erano venute, ma la trovò sbarrata. Allora si ricordò dell'ascensore che di norma usavano i visitatori. Provò a richiamarlo, ma non succedeva nulla, non funzionava. Sapeva che gli ascensori erano due e che l'altro doveva essere un montacarichi per i tecnici. Ma dov'era? Doveva trovarlo.

Carol corse da una parte all'altra, cercando dietro ai nailon, ai pannelli appesi, un accesso occultato, la via di fuga. Arlette la tallonava festante. Forse questo era un nuovo gioco.

Spostò una paratia di plastica che nascondeva una galleria in apparente fase di scavo. Non era stato ancora installato l'impianto di illuminazione, ma si poteva scorgere un altro tendaggio di nailon strappato e svolazzante. Se c'era corrente doveva esserci un passaggio, e non una strada senza uscita. Con questo pensiero Carol strappò via quell'impedimento. Ma quella cosa la ricoprì in pochi attimi di una sostanza calda e appiccicosa, la stessa conosciuta sulla terrazza da Fabio, e restò priva di sensi all'istante.

Provarono a chiamare ad alta voce. Niente. Vista l'inagibilità della parte ricreativa del complesso, non sarebbe stato difficile ritrovarle. Carol avrebbe sbottato un «ve l'avevo detto» e lei avrebbe ingoiato amaro, perché non le piaceva sbagliare, eppure il suo piano era semplice ed efficace e si traduceva in una parola: scappare. Nessuno avrebbe potuto prevedere una fascia di rispetto ottenuta con un sistema sofisticato di difesa del tutto inimmaginabile. Anche a Carol non sarebbe piaciuto sapere che erano state rinchiuse in gabbia forse proprio dai terrestri. Si sarebbe dispiaciuta per il padre di Arlette che non avrebbe dovuto permettere una cosa simile. Che cosa temevano, forse una contaminazione? Perché altrimenti isolare tutta l'area di un monte oltre i tremila metri? Barbara escludeva una seconda ipotesi, come alternativa, quella che considerava "gli altri" ancora con loro, nel recinto creato per difendersi.

«Saranno tornate là dove ci siamo sentite al sicuro» disse Iris. Ma là, dove avevano soggiornato insieme, non le trovarono. Poi apparve dietro di loro Arlette, spuntata quasi come un effetto scenico menandreo. «Piccola, ciao! Dov'è la tua mamma?»

Siccome lei restava con quella sua solita espressione indefinibile, Iris tentò di accarezzarla, ma lei si scansò un po' più in là. Si fermarono a farle dei complimenti che, come sempre, caddero nel vuoto, in attesa di vedere comparire Carol.

«Perché non ci porti dalla tua mamma?» provò a dire Maria che aveva ancora la nausea e si era stancata di stare lì seduta sui talloni ad aspettare. Ma anche la sua richiesta non sortì effetto di sorta.

Speravano che dopo un po' il suo atteggiamento cambiasse e si decidesse a tornare dalla mamma. Invece no. Arlette restava nella stessa identica posizione senza mutare di espressione.

«Quando fa così ti dirò che mi fa paura.» Maria si rivolse a

Barbara, anche per farle capire che era l'ora di muoversi. Ormai erano lì impietrite da poco meno di mezz'ora.

«Sarà lei a trovare noi allora. Glielo farà capire Arlette, con la sua assenza. La cercherà. Immaginerà che siamo tornate.»

Barbara suggerì di accamparsi di nuovo nel Cinema lounge che sino a prova contraria era pur sempre la sistemazione più comoda. Rimisero in sesto le poltrone, anche se era impossibile liberarle da tutta quella polvere. Arlette le seguì e si mise a sedere a una certa distanza. Continuava a fissarle. Poi qualcosa di nero piombò nella sala, sbattendo contro i muri e sollevando un gran polverone. Iris si vide quella cosa impazzita a pochi centimetri dal viso e lanciò un urlo disperato. Dopo molti movimenti in aria senza senso, casuali, l'oggetto scuro cadde in un angolo, si mosse in modo inconsulto e quindi si fermò del tutto. Arlette non si mosse neppure allora. Barbara invece con molta prudenza e Maria con i nervi scossi si avvicinarono con lentezza, sino a poter distinguere quel bolide piombato lì a spaventarle.

«È un'aquila. Come è possibile!» Barbara si guardò intorno come se la spiegazione dovessero fornirgliela i muri.

«Poverina, sarà rimasta invischiata anche lei in questa gabbia di forze elettromagnetiche.» Iris faceva pena con la voce che le tremava, sempre più provata, tanto che Barbara le si avvicinò e le sistemò i capelli con gesti rassicuranti, materni. «È un brutto presagio. Dalle mie parti la morte di un animale preannuncia spesso un lutto, una grande disavventura, specialmente se si tratta di un uccello nobile come un'aquila.»

Ormai erano passate circa due ore e Carol non si faceva vedere. Non era la prima volta che spariva qualcuno ed era legittimo cominciare a pensare al peggio. D'altronde Arlette non sarebbe rimasta da sola, la mamma non lo avrebbe mai permesso. Ma la bambina restava imperscrutabile, e da lei non sarebbero arrivate risposte. Si sarebbero attivate per dare almeno un'occhiata lungo il corridoio. Dopotutto la galleria che perforava la cima del monte da parte a parte, vicino alla quale si trovavano, non nascondeva un labirinto a quel che sapevano, ma solo magazzini e stanze di servizio per il personale, perciò se Carol non era sparita sul serio doveva trovarsi lì. Iris ne avrebbe fatto a meno ancora una volta, ma di lasciare andare da sola Barbara non se ne parlava proprio, quindi si diede una pacca sulle gambe e si alzò. Arlette restò al suo posto in compagnia di Maria e non si mosse.

La perlustrazione durò circa mezz'ora, ma ci sarebbero riuscite anche in meno se avessero voluto. In tutto, da una porta di metallo all'altra, non c'erano più di una ventina tra stanze, ripostigli, depositi e magazzini, bagni e docce comprese. Di Carol però nessun segno. Si erano sgolate a chiamarla senza successo. Ogni tanto si mettevano in ascolto per captare qualche tipo di lamento o di rumore da recepire come richiesta d'aiuto, ma niente, niente in assoluto. Iris pianse sotto la spalla di Barbara. Che cosa dovevano aspettarsi ancora? C'era un traguardo da qualche parte dove tutti loro sarebbero dovuti arrivare? Decisero di tornare da Maria e Arlette.

Nel corridoio di fronte al Cinema lounge Arlette le aspettava. Se ne stava diritta e immobile e le fissava come aveva fatto in precedenza, senza mai mollare.

Nella sala le attendeva un'altra forte emozione che le fece trasalire. Maria non c'era, ma in compenso al suo posto c'era un grosso bozzolo schiumoso che ricordava quello che aveva fagocitato e fatto volatilizzare René. Entrambe collegarono subito le due cose, perciò urlarono verso quell'oggetto rivoltante e a mani nude ruppero l'involucro sottile e fragile che avrebbe dovuto contenere il corpo di Maria. Quella specie di sarcofago, delicato come una pelle d'uovo, si sbriciolò in pochi istanti, ma all'interno non c'era nulla, proprio nulla. Se lì dentro doveva trovarsi Maria, loro erano giunte troppo tardi. Eppure erano state via meno di un'ora.

«Questa è la prova che non siamo sole qui dentro.» Barbara si guardò intorno e vide che qualunque cosa fosse quella che si era impossessata di Maria aveva lasciato due scie: una aveva segnato delle tracce nella stanza e nel corridoio, sino a perdersi verso l'esterno, e l'altra verso l'interno.

«Non è detto che sia entrata e che ora sia da qualche parte qui intorno. Potrebbe essere anche il contrario e quindi anche Carol...» Abbassò il tono, guardando Arlette. «Lei deve aver visto tutto, anche la fine della madre, eppure è distaccata, come insensibile. Qualunque altro bambino sarebbe scioccato.»

«Che ne sai? Magari lo è anche lei. Chi può dirlo?»

«Perché lei viene sempre risparmiata? Che cos'ha di speciale?»

«E chi lo sa! Forse perché è soltanto una bambina. Magari questi esseri senzienti provano compassione. Non saprei dire.»

«Ti direi di cercarci un posto più sicuro, ma a questo punto non credo che ce ne siano e tanto vale restare qui, almeno per ora. Teniamo gli occhi aperti, Iris.»

«Mi piacerebbe, ma sono così stanca che se uno di quei cosi venisse a offrirmi una fine indolore, credo che lo lascerei fare.»

«Non dire sciocchezze. Dobbiamo pensare ad Arlette. Carol ce lo chiederebbe.» Barbara si mise a trafficare nello stanzino dei tecnici. Lo schermo enorme, sul quale un proiettore mostrava le attrattive del luogo durante il tour turistico, era caduto tutto da una parte, ma lei lo risistemò a sufficienza. Sperava di usare il sistema del computer che lo comandava per collegarsi all'impianto di trasmissione televisiva satellitare. Nel bar c'era una grande televisione e quindi un'antenna doveva esserci da qualche parte. Nella saletta di controllo c'era un cavo coassiale, quindi doveva esserci la possibilità di collegarsi, bastava trovare come, sempre che il sistema non fosse stato danneggiato.

Intanto Iris si preoccupò di razionare il cibo a loro disposizione. Arlette non lo rifiutò, anzi si accanì con grande appetito su quel cibo in scatola rovesciato in una ciotola. Mangiò con avidità con le mani, cosa che fece anche Iris, arrangiandosi con il coltellino svizzero. Barbara invece non toccò cibo sino a che non riuscì a fare il suo collegamento. «Non ti facevo anche un tecnico, donna dalle mille sorprese» le disse Iris.

«Non lo sono infatti, ma quando vieni mandata come inviata speciale in zone di guerra impari in fretta ad arrangiarti in qualsiasi circostanza.» Tutto quello che riuscì a ottenere fu un suono atroce, che dovette ridurre al minimo, e un'immagine traballante in negativo che a tratti mutava in positivo la trasmissione. Alla fine era chiaro che le riprese inquadravano proprio il loro monte, per staccarsi poi su mezzi di trasporto militari.

Le immagini mostravano persone intervistate da giornalisti che parlavano chissà quale lingua. Alla fine si fecero un'idea di come andassero le cose a fondo valle, anche se non si potevano comprendere distintamente le loro parole. Poi, come un fulmine a ciel sereno, videro Marianne che raccontava qualcosa a un cronista. Significava che ce l'aveva fatta. Si abbracciarono dalla gioia e per un po' si sentirono già salve, ma poi pensarono a coloro che avevano ricevuto le cattive notizie da Marianne, e a Fabio che lei avrà creduto ancora vivo e con loro. Perché non ci avevano pensato prima alla televisione? Forse perché Fabio aveva il controllo e lui non capiva un accidente di quegli aggeggi, o perché forse erano presi da altre cose. Non era una grande conquista dopotutto, a parte il fatto di sapere che il mondo degli umani era ancora in funzione. E ora per sopravvivere dovevano trovare un luogo sicuro. Iris prese con sé anche lo zainetto di Maria e fece segno ad Arlette di seguire Barbara. Forse era un gesto inutile. Lei le avrebbe seguite lo stesso.

Senza rendersene conto, invece, furono loro a seguire Arlette che le precedette nella ricerca, così si trovarono nello spogliatoio che portava alla scala a chiocciola per il palazzo di ghiaccio.

«Questo è l'ultimo spostamento che faccio, sia ben chiaro.»

Iris era determinata a morire lì, tanto che neppure la paura di essere intercettate da quegli esseri le poteva impedire di mettersi su una panca di legno a riposare. "Veglierò su di te", pensò Barbara intenta a sistemare Arlette per la notte.

Arlette aveva già vissuto quella scena. Era ciò che si aspettava per coloro che dovevano essere salvati. Prima di tutto la sua mamma, ma lei voleva bene anche a Fabio, che era stato carino con lei, e anche Iris. Si erano sempre preoccupati per lei. Lo sentiva che le volevano bene. Anche René era proprio dolce, e quei due con la stessa faccia erano buffi e simpatici. Maria invece non sapeva proprio giocare, ma avrebbe imparato. Per i grandi è più difficile imparare. Ci sarebbe riuscita prima o poi. Invece Barbara che tipo strano, quella. Arlette non la trovava la persona che avrebbe voluto come zia, ma faceva parte di Iris e tanto bastava per lei. Non ci possono piacere proprio tutti! Lei era una bambina buona ed era contenta che anche Luca non fosse morto sul colpo. Le cose rotte si possono aggiustare. La mamma lo faceva sempre con i soprammobili che lei spaccava di continuo. Un po' di colla e via. Certo Luca andava aggiustato anche dentro alla testa, perché nessuno ci capiva niente di quanta gente c'era lì dentro. Peccato che invece per Samuel e Joris, che però le era proprio antipatico, le cose fossero andate diversamente. Lei non ne aveva colpa. A volte le cose vanno come devono andare e sfuggono anche al loro destino.

Dallo scoprire la scala a chiocciola a decidersi a scendere fu un attimo. Non ci fu neppure bisogno che Arlette le attirasse là sotto, giocando a nascondino. Fu tutto semplice e divertente. Un gioco.

«Iris c'è una scala illuminata qui sotto che porta da qualche parte. Forse Carol si trova laggiù. Forse non si è fatta viva perché le è successo qualcosa. Una caviglia slogata magari.» Provò a urlare il suo nome. Nessun suono. Arlette era felice di sentire chiamare la sua mamma, così cominciò a saltellare piena di entusiasmo. «Lo vedi, anche Arlette sembra aver capito e ci sta dicendo che è proprio laggiù. Andiamo Iris, vieni.» Iris, al solito provò un senso di sgomento all'idea di caricarsi di un'ulteriore fatica. Si sentiva così debole e spaventata all'idea di dover risalire in seguito tutti quei gradini. Ma ce la doveva fare. Lei era una donna, e le donne alla fine ce la fanno sempre.

Alla vista di quel mondo magico Iris pensò di essere finita in una di quelle favole dove la regina delle nevi abita con orsi polari e creature di ghiaccio. Le girava la testa, e tutte quelle figure scolpite nel ghiaccio sembravano semoventi su perni invisibili come figure in un carillon. Carol non rispondeva. Quando la videro in una nicchia, una farfalla sospesa con le ali saldate al soffitto e le braccia in avanti pronta a spiccare il volo, si resero conto che era fatta di ghiaccio, una Carol di cristallo che non era lei, semplicemente perché non era viva.

Prese dal panico Iris e Barbara si misero a correre per scappare da quella visione, senza sapere da che parte andare. Bastava fuggire. Poi si trovarono in trappola in una galleria in apparenza senza uscita e lì videro Fabio che digrignava tra i denti tutta la sua rabbia.

Era troppo anche per Barbara. Lo sbigottimento per aver oltrepassato ogni limite si mescolò all'orrore provocato dalla consapevolezza di essere anche loro vicine alla fine. Ma non avevano voglia di cedere proprio adesso. Almeno Barbara aveva ancora la forza di un grande felino ferito messo all'angolo. Avrebbe venduta cara la sua pelle e difeso sino alla fine la sua compagna. Arlette era sparita e avrebbero pensato più tardi a dove cercarla. Ritornarono sui loro passi in una corsa precipitosa, finché trovarono riparo in una nicchia profonda laterale, destinata forse a qualche installazione a effetto. Si accucciarono nel punto più nascosto e si fecero segno di tacere.

Dal loro punto di osservazione si poteva vedere solo un pezzo di pavimento di ghiaccio ricoperto con una passatoia rosso sangue, ma la trasparenza del ghiaccio lasciava intuire tutto il resto. I loro cuori saltarono un battito, all'unisono, alla vista di un'ombra che oscurava quei riflessi. Il tappeto rosso venne solcato da rivoli di una sostanza nera bituminosa che presto ne ricoprì l'intera superficie. Da questa si sollevarono delle bolle che invece di scoppiare restarono lì, immobili.

Iris tirò fuori dal suo marsupio un involto di carta. Era il tesoro di Maria con tutto l'occorrente. Guardò negli occhi Barbara che con le lacrime agli occhi le fece segno di sì. Barbara riparò con un lembo della giacca la luce dell'accendino. Forse non sarebbe servito a niente, ma doveva risparmiare ogni secondo prima che... L'operazione richiedeva più tempo del normale, ed erano in due. Le bolle si allungarono contorcendosi come piante rampicanti di un film accelerato. Si allungarono e strisciarono dovunque. Ne vedevano le ombre avanzare sopra il ghiaccio, accanto alle loro teste.

Prima a Barbara. Poi a lei.

Quella specie di tentacoli neri e lucidi si insinuarono nel loro breve cunicolo. Li stavano aspettavano. Si guardarono ancora una volta e si baciarono, l'ultima arma a loro disposizione. I tentacoli si sollevarono tutti in sincrono e piegarono la punta verso di loro come tanti occhi indagatori. Poi attaccarono.

12.

Il cronista era riuscito a farsi largo tra la folla che assediava Marianne. Presto le autorità l'avrebbero fagocitata dietro i loro prudenti comunicati. Bisognava intervistarla subito. La sua dichiarazione sarebbe stata mandata in onda a ciclo continuo per informare la gente su quello che stava succedendo lassù. Marianne era tremante e ancora sotto shock, ma non si fece pregare, anzi parlò a raffica prima che qualcuno dei militari la spingesse all'interno di un'auto.

«Vi prego salvateli. Sono vivi e sono al sicuro all'interno del monte. Io sono scesa. Non so come ci sono riuscita, ma ce l'ho fatta. C'è qualcuno lassù o qualcosa, ma questo lo sapete già ormai. Quello che vi chiedo è di aiutarmi a fare pressione perché i governi non li lascino soli. C'è il mio ragazzo lassù e anche una bambina. Dovete salvarli. Portateli giù, vi prego!» Le ultime parole furono gridate mentre una mano le abbassava la testa per farla entrare in una macchina nera dai vetri oscurati che partì a razzo.

Gli elicotteri sbarcarono ad alta quota e, a distanza di sicurezza, uomini e mezzi di trasporto cingolati. L'operazione era rischiosa e prese tempo per essere calcolata nei minimi dettagli. Il supporto aereo era garantito dall'intera EU. Dalle basi NATO erano pronti a partire tutti mezzi aerei necessari perché l'azione bellica avesse successo. Le forze di terra presero posizione sul crinale che portava alla cima del Matterhorn Glacier Paradise.

I ricognitori fecero dei tiri con l'artiglieria per testare l'efficacia delle difese del nemico. La cupola di radiazioni era ancora attiva. Purtroppo contro quella protezione di origine sconosciuta gli eserciti terrestri erano impotenti e sin da subito era stata scartata l'ipotesi di usare testate nucleari per i danni collaterali all'ambiente terrestre.

Dopotutto quegli alieni non si erano dimostrati offensivi ma, piuttosto, difensivi. A dirla tutta gli Stati Maggiori degli eserciti coinvolti non avevano ancora ben chiaro contro chi stessero combattendo, né se fossero ancora lì asserragliati sul monte dopo l'offensiva aerea che ne aveva disturbato la postazione. L'unica testimone, una nota campionessa europea di sci, non dava adito a ulteriori inasprimenti del conflitto, che era sembrato più che altro un attacco preventivo degli umani e per questo era stato criticato come inopportuno dalla stampa mondiale e in sede ONU.

Gli occhi del mondo erano tutti puntati sulle Alpi in quei giorni. Quel che sarebbe successo in seguito avrebbe condizionato il futuro rapporto con gli alieni. Uno dei grandi desideri dell'umanità era stato proprio quello di incontrare altri abitanti dello Spazio, affinché l'uomo non si sentisse il solo prodotto intelligente dell'evoluzione della vita, e poi quando si era verificato un contatto, il benvenuto fu l'unica cosa che gli umani conoscono sin troppo bene: la guerra. In sintesi la polemica che divampò a tutti i livelli era racchiusa in quel concetto. Intanto proseguivano le operazioni per recuperare i superstiti dell'ultima cabina della funivia salita sul Matterhorn Glacier Paradise. Non c'erano finora certezze che i passeggeri fossero ostaggio degli extraterrestri.

Quando i primi soldati giunsero vicino alla barriera elettromagnetica dovettero indietreggiare di alcuni metri per evitare le radiazioni che potevano risultare mortali. Dalla loro postazione si vedeva molto bene la struttura ricettiva turistica in legno, dove un tempo si trovavano ristorazione e camere del rifugio. Binocoli e ogni sorta di strumenti di rilevazione vennero puntati per ore in quella direzione. Poi la sorpresa arrivò con dei passi di danza.

Arlette avanzò saltellando e facendo giravolte con in mano una bacchetta alla cui estremità aveva fissato dei fili e nastri di stoffa colorati. Non aveva nessuna fretta di correre loro incontro e non si curava dei loro richiami. Lei era una fatina delle nevi al servizio della regina dei ghiacci. La coreografia che aveva in mente doveva essere portata a termine e aveva tutto il tempo per farlo. Giunta a pochi passi dalla barriera si fermò e fissò davanti a sé un punto indistinto o forse ognuno di loro. Rimase così per un tempo assurdo che spiazzò la logica dei soldati. Poi fece dietrofront e sempre saltellando sparì all'interno.

Da quel momento in poi la montagna sembrò levare gemiti dal suo cuore di ghiaccio, e dei tremolii fecero temere un terremoto. Verso sera si alzò una fitta nebbia in tutta l'area che durante la notte ripristinò un vasto cumulonembo. Alle prime luci del mattino la nuvola si spostò lenta sul Cervino e dalla sua cima, quasi fosse un trampolino di lancio salì verso la volta stellata, sino a dissolversi e sparire del tutto.

L'esercito fece irruzione non appena fu verificato il crollo della barriera. Secondo i rapporti all'interno non trovarono traccia della bambina, né di presenze umane.

L'unico cadavere apparteneva a un'aquila, finita chissà come all'interno del complesso.

Sommario

Prologo....5
1....7
2....28
3....46
4....55
5....70
6....94
7....111
8....123
9....136
10. 152
11. 165
12. 178